お狐様にお願い！

~廃村に残ってた神様がファンタジー化した現代社会に放り込まれたら最強だった~

◉著者
天野ハザマ
◉イラストレーター
竹花ノート

TOブックス

Contents

イラスト　竹花ノート
デザイン　黒木香＋ベイブリッジスタジオ

第1章　お狐様、現代社会に足を踏み入れる

「平和じゃのう……」

そんな声が、稲荷神社の境内に響く。そう、確かに平和な光景だろう。木々が青々と生い茂る山中特有の、澄んだ空気は雲一つない空から注ぐ朝の光と合わせ、少し冷たいながらも暖かさを含んだ空気を作り出している。きっとこれから昼に近づくに従い、昼寝でもすれば気持ちよさそうな暖かさになるだろう。ただ、ちょっとした違和感を語るのであれば……この稲荷神社は明らかに廃墟と呼んだ方が正しく、少女の姿に多少目立つ点がある、というところだろうか？

そもそも此処は、とある山の中にある、まだ人が住んでいた頃はそれなりに大きかった集落……の中にある小さな稲荷神社だ。さびれたを通り越して廃墟じみた雰囲気が出ているのは、すでに集落に人が住まなくなってから大分たつからだ。

確か農業が当時は盛んで、地主……まあ、お金持ちも多く住んでいたらしい。大正、昭和と平成を越えて、令和のこの時代。集落から人は居なくなり、この稲荷神社に詣でる者も居なくなった。

では、神社の境内でお茶をすすっている少女は誰なのか？

古めかしい巫女服に狐の耳、そして美しく艶のある白色の髪。明らかに人ではないその容姿。昔からこの神社にいて、今も居続けている……そんな、お狐様である。

稲荷大明神の由来を紐解けば狐じゃないとか神使がどうのとか、そんな話に行きつく。しかしそういう人の語る事情を全部すっ飛ばして彼女は……お狐様は、此処にいる。もういつ「そう」だったかは覚えていないが、結構昔から……まあ、正確には覚えてないのだけれども。こうして顕現するようになったのは、つい最近の話だ。

なんだか風の匂いが変わって。世界の何かが切り替わって。そうして彼女は、大地にその足で立っていた。しかしまあ、身体を得たから何か変わるわけでもなく……特に問題もなく生きている。世界に「力」が満ちたせいだろうか？　食事など、とる必要もない。口寂しければ、その辺の草と未だ枯れぬ井戸の水で茶を淹れれば事足りる。

「人の世は今はどうなっておるのかのう。てれびは動かんし、らじおも電池が切れて随分たつしのう」

それだけは何となく気になるが、気にしてもどうしようもない。神社を守っていた神主も居なくなって久しい。此処には彼女一人しか居ないのだから。

だからこそ、彼女は知らないのだ。世界に大きな変化があってから、およそ二十年。人間の世界は激しく変化し、彼女の知っていた呑気《のんき》な世界は何処にもないのだと。

彼女がそれを知らないのは、この集落に続く唯一の道が崩落しており、人が長い間来なかったこと。

「……む？　何かが結界を破ろうとしておるのう」

何か、不可思議な力が可視化する程に空を覆って。村を守っていた半円状の透明な壁を、パリンッと音を立てて打ち砕く。パラパラと散って消えていく壁の欠片を見ながら、彼女は小さく溜息をつく。

この場所は、旧い時代の力に未だ守られていたということ。だが、それは今日この時、破壊された。

異界の法則が、この地に出現して。ダンジョンゲートと呼ばれるモノが、集落の真ん中で渦巻く。

それは中に入れば「ダンジョン」と呼ばれる異界に繋がり、放置すれば中のモンスターが溢れ出る危険なモノ。だが彼女がそれを知るはずもない。

「おやおや。何やら物騒なものが出てきたのう」

彼女の……お狐様の目はダンジョンを見据え、何やらそれが物騒な気配を持っていることに気付いていた。放置すればロクでもない……祟りじみたものをまき散らすモノであることも。

「斯様《かよう》なものが結界を突き破り現れるとは。世は平安にでも逆戻りしたのかのう？」

溜息をつきながら、お狐様は手をスッとダンジョンゲートへと向ける。

「来い、狐月」

呼び声に応え現れたのは、一張の弓。凄まじい神気を放つ弓がその手に収まると、お狐様はキリキリと、その細腕からでは想像も出来ぬほどに弓を強く引いて。

その手の中に、輝ける光の矢が出現する。

「去《い》ね、何処の何者とも分からぬ祟りよ」

放つ。放たれた光の矢は更なる輝きを纏い、一条の閃光と化して……そのままダンジョンゲートに突き刺さり、軽やかな鈴のような音をたてながら霧散させる。

—世界初の業績を達成しました！　【業績：初めてのダンジョン破壊】—

―想定されない業績が達成されました！―

―未登録の力を検知しました！―

―ワールドシステムに統合します―

―ジョブ構築。ステータス計算を行います―

「お、おお？　なんじゃあ？」

目の前に高速かつ大量に現れていくウインドウを前に、お狐様は訳も分からずオロオロとする。

正直何を言っているのか、全く理解できない。

―名称不明……仮設定、イナリ。ステータスを表示します―

「ええい、分からん！　ちぃとも分からん！　何だっていうんじゃ⁉」

何も分からないイナリの目の前に「ステータス」が表示される。

名前：イナリ
レベル：1
ジョブ：狐巫女
能力値：攻撃E　魔力A　物防F　魔防B　敏捷《びんしょう》E　幸運F
スキル：狐月召喚、神通力Lv8

「……なんじゃあ？　わしの名前がイナリ？　狐巫女？　まあ、その通りかもしれんが……つーかわし、英語はあんまし読めんぞ？　というかれべるだのじょぶだの……訳わからん……」

―今後、ダンジョン破壊は控えてください―

―想定しないエラーを引き起こす可能性があります―

「……ふーむ。言ってる事は分からんが」

言いながら、お狐様は……イナリは、空を見上げる。

「わしの知らん間に何やら、おかしなものが世界に広がっとるようじゃのう……」

何がどうなっているのかは分からないが、さっきのが「ダンジョン」と呼ばれる何かであって、それに関わる何者かが破壊されるのを嫌がっているというのは理解できた。

そしてそれが、イナリに自分のルールを押し付けることが出来る程度には強大な力を持っているということも。

「とはいえ、わしが人の子に今更関わらんでも、上手くやっとるのかもしれんのう」

イナリの顕現がこの状況と関わりがあるのであれば、二十年の時がたっている。ならば、もう人間の力でどうにか出来ているのだろうとイナリは思う。

「ま、わしは何も変わらんか……」

そう呟きイナリは境内に戻っていくが……そうはいかない。

二十年もたてばダンジョンのエネルギーをある程度感知する技術も開発されており……それで感知できる程度には強力なダンジョンが即座に消滅したことを、すでに政府も把握していた。混乱する彼等がこの場所に調査隊を送り込むのは……もう、間もなくのことであった。

◇◆◇

数日後。イナリは、周辺を何かが飛んでいるのに気付く。

（この音は……確かへりこぷたー、だったかのう）

煩《うるさ》い音を響かせながら飛び回っているヘリを「煩いのう」と一言で片づけ茶をすすっているイナリだったが……やがて、何やら視線のようなものが自分に向けられていることに気付く。それも、尋常の視線ではない。何か、超常の力によって無理矢理視線を通しているような、そんな感覚だ。

「ふーむ……千里眼、かの？　しかし、女子を斯様な不躾《ぶしつけ》なもので覗き見るは少しばかり無粋じゃのう」

呟くと、イナリは振り向き……向けられている視線を、虫にするかのように軽く払う。

パキンッと何かが壊れる音がして視線が消えるが……ヘリコプターは、何処かに行く気配はない。むしろ、近づいてきて……やがてローター音を響かせながら、境内へと降りてくる。

その中から出てきたのは……二人のファンタジックな装備を纏った男たちだった。

一人は鎧兜に剣と盾、一人はローブと杖。理解の外にある格好に、イナリは思わず頭の上に「？」を浮かべてしまう。しかしながらよく見れば、その装備……何やら妙な力を纏っている。

「この子か？」

「田山の言ってた特徴と合致する。間違いないだろう」

そんな事を言い合っている二人だが……そんな二人を見ながら、イナリは軽く頬を掻く。

「けったいな恰好をして出てきたと思うたら、二人だけでお話か。余所でやってくれんかのう」

「いや……けったいな恰好はお互い様だろ」

「わしのは伝統的衣装じゃろ。お主等のは……なんじゃそれ。妙な力は感じるが、妖物の類でもなさそうじゃ」

そう、イナリから見てみれば二人の纏っているものはどれも奇妙な「力」を感じるものばかりだ。あの男の持っている剣にしたところで、妖刀と呼べる程度の力は持っていそうだ。

そんなものを幾つも所持しているのは、どうにも只事《ただごと》ではない。そこまで考えて……イナリはまた妙な感覚を感じた。どうにも無遠慮な覗きの如き、不愉快な何かを……目の前のローブの男から感じるのだ。あまりにも不愉快だったので手で払うと、パキンッという音がしてローブの男が「うわっ」と声をあげる。

「か、鑑定を弾かれた⁉」

「おい宅井、お前そんなことを……」

「まーた妖術か。妙じゃのう、今はそんなもんを気軽に使える時代なのかえ？」

「よ、妖術？　いや、スキルなんだが……」

「すきるう？」

言われて、イナリは自分の「ステータス」とかいうものを思い出す。確かあそこにも「スキル」とかいうものがあったが……。

「あー、なるほどのう。お主等、あのだんじょんとかいう代物に関わっとるんじゃな？」

アレを破壊したことでイナリは「ステータス」とかいうものを押し付けられた。本来は破壊するものではなかったらしいが……アレをどうにかすると、妖術……スキルを得られるということなのではないだろうかと考えたのだ。

「そう、それだ！　この辺りに強力なダンジョンが発生して、すぐに消えた。その原因を調査してるんだ」

「破壊したぞ？」

「破壊……えーと、ボスをか？」

「ぼす？　だんじょんのことをそう呼ぶのかの？」

「ん？」

「ん？」

剣士の男とイナリは首を傾げ合い……やがて、剣士の男が「えーと」と言葉を選ぶようにしながら手の動きで丸のようなものを描く。

「こういう……丸くてグルグルしてるダンジョンゲートってものがあるんだが」

「おお、あったのう」

「もしかして、それを破壊したって言ってるのか？」

「そう言っとるのう」

「冗談だろ？」

「まあ、壊すなとは言われたがの」

「は？　誰に？」

「なんかこう……目の前に文字が現れての？」

この辺じゃ、と手で示すイナリに剣士の男は考え込んで。そうすると、イナリを無言でじっと見ていた「宅井」と呼ばれていた男の方が、剣士の男をつつく。

「なあ、丸山」

「なんだ？　今、真面目に考えてるんだ」

「あの狐耳……さっきから動いてねえ？」

「は？」

言われて剣士の男……丸山はイナリの頭の上を見る。そして、気付く。確かに……動いている。

「え？　は？　ええ？」

「な？　動いてるだろ？」

信じられないものを見るかのような目をしている二人に、イナリは溜息をつく。

「お主等が仲が良いのは分かったがの。わしを放っておかないでくれるかのう。もしくは帰ってくれんか？」

「え、あ、いや。あー……すまない。ひとまず、仕切り直しをさせてもらえるか？」

丸山はハッとしたような顔をした後、ビシッと姿勢を正す。

「俺は丸山正《まるやまただし》。覚醒者協会日本本部の依頼を受けて、ダンジョン消失の原因を探りに来た」

「宅井《たくい》雄一《ゆういち》。丸山のサポートで来てる。どうぞよろしく」

「おー……うむ。お仕事で来とるっちゅーことだけは分かったのじゃ。わしは『イナリ』ってことになっとるらしい。ステータスとやらの表記によると、の」

「イナリ……」

「そのまんまだな……」

「聞こえとるぞぉ？」

丸山と宅井がヒソヒソ言っているのが全部イナリには聞こえているが、睨まれて二人はサッと目を逸らす。

「仕切り直してそれっちゅーのはどうなのかのう」

「いや……申し訳ない」

「ええから本題。わし、そろそろめんどい」

ひらひらと手を振るイナリに、丸山は「では……」と再度仕切り直す。

「先程言ったように、俺達はダンジョン消失の原因を探りに来た。先程の話では、それは君が破壊したのが原因とのことだが」

「うむ、そう言ったのう」

「俺達の常識では、それは不可能なことなんだ」

「人の子の常識で測られてものう？」

イナリは人ではないから、そんなものを当てはめられても困る……のだが。そんなイナリに、丸山は言葉を重ねる。

「君のその耳や尻尾も含め、俺達では判断できない事が多すぎる」

「じゃろうの」

「そこで、だ。日本本部に来てくれないか？　君も覚醒者なんだろう？」

「ふむ……」

イナリは、今の提案を少し真面目に考える。覚醒者とかいう単語については、よく分からない。分からないが……今すぐに解決すべき問題でもない。考えるべきは、この提案に乗るか乗らないか、だ。

この集落は、すでに滅びて久しい。社《やしろ》に詣でる者もなく、緩やかに朽ちていくだけだ。人が住まないことで役目を終え朽ちた家も増えてきた。いずれ、此処は山の自然の中に飲み込まれていくだろう。そんな中にいたところで……あまり、未来の展望はない。どういう理屈かは分からないが、人間に見えるようになったことも……。

「それもまた運命、か」

「では……」

「うむ。その本部とやらに行くとするかのう」

人の世はイナリの想像もつかないほどに変わっただろう。かつてテレビに人が集まり、洗濯機の便利さに驚いたように。何やらおかしな能力を持つ人間も増えたようだが……はたして、どのようになったのか？

あのダンジョンとかいうもの……そして「覚醒者」なる単語についても、この後分かるだろう。

それが、イナリには少しばかり楽しみでもあった。

「どれ、では行くかの。へりこぷたーに乗るんじゃろ？」

「あ、ああ。その前に本部に連絡するから待ってくれ。宅井！」

「おう」

宅井がヘリコプターに駆け寄るのを見て、丸山は神社に視線を向ける。

「何か荷物があるなら今のうちに纏めておいてくれ」

「いや、そんなものは無いのう」

「無い、のか？」

「うむ」

イナリの服は汚れはしない。どういう理屈かは分からないが、そういうものなのだ。ついでに使っている日用品は全てこの集落のものだから、特にイナリのものというわけでもない。

「……振り返れば、この身のなんと身軽なことよ。わしは長く此処にいたが、そこで何を為したわけでもない……ということかの」

「長くって……君、そんな年でもないだろ。何歳だ？　十四？　十五？　御両親は居ないのか？」

「女子に年を聞くとは……無粋な童じゃのう」

「わ、わらしって……俺の婆ちゃんだってそんな言葉使わないぞ」

「本部と連絡とれたぞ！　その子も連れてこいってさ！」

「だそうじゃ。ほれ、行くぞ」

てくてくとヘリコプターに歩き乗り込むイナリを追いかけ、丸山もヘリコプターに乗り込んで。

爆音と共に上昇するヘリコプターの機内でイナリは狐耳を押さえ「ぎゃー！」と叫ぶ。

「う、うるさい！　なんじゃこの爆音は！」

「こういうもんだ！　すぐ慣れる！」

「それは耳が馬鹿になっとるんじゃないかのう！」

「うわっ、尻尾ぼわってなってる！　すげえ！」

爆音を立てるヘリコプターはそのまま集落を離れ、山を離れ……そのまま支部へと向けて飛んでいく。

そうして音がようやくある程度マシに聞こえるようになってきた頃、宅井が口を開く。

「そういや、イナリちゃんは名字はないのか？」

「名字」

「ああ。あるだろ？」

あるかないかで言えば、ない。そもそも「イナリ」という名前自体、イナリが決めたものではない。

「ふーむ……まあ、ないのう」

「えっ」

しかし、適当に決めていいものでもない。名前は本人を表す言霊だ。ないものはない。それでとりあえずはいいだろうとイナリは納得して。けれど、丸山と宅井は納得していないようで複雑な視線をぶつけあう。

「……何を悩んどるか知らんが、深い事情はないからの？」

「お、おう」

「分かってる。分かってるよ」

「分かっとらん顔をしとるのう……」

溜息をつくイナリを乗せたヘリコプターは、そのまま飛んでいき……やがて見えてきたビルの屋上へリポートに降り立った。ヘリから降りたイナリは……周囲に誰も居ないことに疑問符を浮かべる。

「はて？　誰も迎えにきておらんのう」

「お偉いさんはこんなとこまで迎えに来ないさ」

「そうそう。ま、中に入ろうぜ」

二人に促されて建物の中に入れば、何やら眼鏡の男がそこで待っていた。

「クエストお疲れ様でした。此処からは私が引き継ぎます」

「ええ、どうぞよろしく」

「じゃあな、イナリちゃん」

「おいおい。わしを置いて何処へ行こうというのじゃ」

イナリが丸山の服の裾を引けば、困ったように丸山は頬を掻く。

「あー……俺達の仕事は此処で終わりなんだ」

「そういうこと。ま、縁がありゃまた会えるさ」

「ふむ、そうか。なら仕方ないのう」

ヒラヒラと手を振って見送るイナリを見ていた眼鏡の男の視線に気付き、イナリは「なんじゃ？」と聞いてみる。

「いえ、本物だな……と思いまして」

「よう分からん。もっと具体的に言ってくれんかの」

「その耳と尻尾です。アーティファクトですか？」

「その『あーてはくと』とやらは分からんがまあ、本物じゃのう」

「そうですか。一応ですが、これからの事をご説明いたします。此方へ」

そうして案内された場所は、何処かの会議室であるらしく……幾つかの机と椅子が並んでいる部屋であり……差し出されたのは名刺だ。

「まずは自己紹介を。覚醒者協会日本本部の秘書室長の青山です」

「おお、これはご丁寧に。わしはイナリというらしい」

「らしい、というのは？」

「なにやらすてーたす、とかいうものを押し付けられてのう。そこに表示されとった」

「ふむ……」

青山はそこでいったん考え込む。ダンジョンを破壊したという少女。それが本当であれば凄いことだが……少し……いや、あまりにも。

（不審者が過ぎる……！）

ダンジョン破壊。そんな事が出来る少女が突然発見されたというのは、あまりにも出来過ぎていないだろうか？　しかし何かの罠だとして……誰の罠だというのか？

考えて……青山は諦めた。そもそも、それを判断するのは青山の職責ではない。

「ではイナリさん。報告を受けた限りでは何もご存じないとのことですが……それで合っていますか？」

「うむ。しばらく世間から離れとったでのう。なーんもしらん」

「しばらくというのは……」

「からーてれびが出た頃は人が居ったから……どのくらいかのう」

「おお、アナログ……」

冗談にしては中々にキレがいいと青山は謎の対抗心を抱くが、それを振り払うと用意されたスクリーンに映像を映し出す。

「では、最初から始めましょう。初心者講習用の映像で恐縮ですが……ダンジョンの登場と覚醒者協会の成り立ちからご説明します」

「おお、それは嬉しいのう。ところで……」

「はい、なんでしょう」

「そろそろ茶が出てくると嬉しいんじゃが」

「……すぐにご用意しましょう」

やがて出てきたお茶の入った紙コップをイナリは面白そうに突き回していたが……それ以上に面白かったのは、映像の内容だった。

世界に二十年前に出現したダンジョン。その第一号、通称「ファーストゲート」から溢れ出た現代兵器の一切通用しないモンスターが世界を蹂躙《じゅうりん》し、対抗するように不思議な能力を持つ「覚醒者」が誕生した。

世界中の覚醒者を結集したファーストゲート攻略作戦は莫大《ばくだい》な犠牲を出しながらも成功し……それ以降、ダンジョンは世界中に現れるようになり、新たな覚醒者も現れるようになった。

そう、ダンジョンはクリアすれば消滅する。結果としてそれは正解であり間違いでもあったのだが……とにかく、覚醒者であればモンスターに対抗できる。

その覚醒者の支援の為生まれたのが覚醒者協会であり、各国政府の支援する団体であるらしい。世界基準によって運営されるのが覚醒者協会だが……覚醒者はそれぞれ「クラン」と呼ばれる団体を作り、独自の経営を行っている。これは覚醒者の性質上、独自の裁量で動かなければ手遅れになる事例が頻発したからであり、強硬な統制をしようとした国では覚醒者が動かない……という事態もあったからである。

つまるところ、国がどれだけ強硬手段を振りかざそうと結局は覚醒者に頼るのであり、覚醒者の力なくては安全のみならず、他国に大きく差をつけられる。

事実、覚醒者を法で強く縛った国からは全ての覚醒者が逃げ出し、国外に逃げる力のない覚醒者はダンジョンの中に立てこもった。その国は国土の半分以上をモンスター災害で蹂躙され警察軍隊を含む戦力のほぼ全てを喪失してようやく「新しい世界の現実」を理解したという。

「というわけで、現在存在する国家全てが覚醒者基本条約を結び、それに則り覚醒者協会を設立し運営しているというわけですね」

「なるほどのう」

その中で、ダンジョンには二つの種類がある事も分かってきた。すなわち「固定ダンジョン」と「臨時ダンジョン」である。

臨時ダンジョンはクリアすると消えるダンジョンで、突如現れる渦のようなゲートが特徴だ。

そして固定ダンジョンはクリアしても消えないダンジョンであり、クリアから一定期間で全てがリセットされたように復活する性質を持っている。洞窟や塔など、何かしらの形を持っているのも特徴である。どちらも「一定期間攻略されないとモンスターが溢れ出す」性質を持っている為、厄介である事に変わりはない。

だが、入ってみるまで分からない臨時ダンジョンと比べれば内容の分かっていて対策の立てやすい固定ダンジョンは「しっかりと準備をした覚醒者」さえ居ればどうにでもなる。

「故に固定ダンジョンから持ち帰る様々な物品が特産品となり、様々な場面に役立てられているのです」

言いながら青山は一本のナイフを取り出してみせる。一見すれば飾り気も何もない普通のナイフだが……鞘に納められたそれは、イナリの目には不可思議な力を纏っているように感じられた。あの二人の持っていたものと同種の力に見えるが、微妙に違う気もする。

「……おかしな力を感じるのう。それも『あーてはくと』とかいうものかえ」

「ええ、アーティファクトです。正確には『そういう意味』の単語ではないのですが……誰かがそう呼び始めてしまいましてね。おかげで人造アーティファクトなどという単語も生まれるくらいです」

「よう分からんがまあ、分かった。そういうモノを今は作れるわけじゃな？」

「ダンジョンから出てくるアイテムがあってこそ、ですがね」

しかし何故かは分からないが、矢に加工すれば効果はあるが弾に加工すると効果がない。しかも同じ弓でもボウガンにすると効果がない……と、制限も多いようだ。

「と、此処までお話しすればご理解いただけると思うのですが……ダンジョンとは現代における新たな鉱山とも称すべきものです」

「その考えはどうじゃろうのう……」

「仰りたいことは分かります。しかし現在、ダンジョンを中心に回るものも多いのです」

覚醒者用の武器に防具、その他新素材を使用した各種の物品、新薬などなど。ダンジョンを攻略することで得られる経済的利益は計り知れず、何よりダンジョンを攻略しないという選択肢はない。それでどうなるかは充分すぎる程分かっているからだ。

「ま、社会がそうで回っとるならわしもそれに合わせるべきなのじゃろうて」

「ご理解いただけて幸いです。さて、イナリさん、貴方もステータスを持つ覚醒者です。ですので、日本本部で覚醒者登録をさせていただきたいと思いますが宜しいでしょうか？」

「……一応聞くが、断ったらどうなるのかの？」

「どうもなりません。ただ、登録者でなければ出来ない事は多数ありますし……覚醒者に交付されるカードは国際基準の身分証明書です。何かと便利かと」

まあ、作って損はない。イナリは身分証明どころか戸籍すらない身だ。それが出来るというなら、断る理由もない。

「ちなみにイナリさんの場合は何と言いますか……色々と事情があるのが透けて見えますが、お伺いしても構いませんか？」

「事情と言われてものう。わしは神社に自然発生した国津神《くにつかみ》の類じゃよ。イナリとすてえたすに呼ばれちゃおるが、宇迦之御魂大神《ウカノミタマノオオカミ》とは何の所縁もないしのう」

「はあ、神様……」

「信じとらんなー？　まあ、すてえたすにも狐巫女呼ばわりされちゃおるが」

そういう意味では扱いが妖に近いが、まあ霊力だろうと妖力だろうと使い方次第ではあるとイナリは思っている。

祟りでも神になるのは日本の伝統だ。さておいて。能力計測ということで連れていかれた部屋では、何人かの職員がザワついていた。

イナリとしては何やら四角い部屋の中に入っただけなのだが……部屋の隅で計測しているらしい職員達があぁでもないこうでもないと騒がしい。

「やっぱり何度測っても同じだ。魔法関連の能力値が物凄く高い。レベル1でこれって……期待の新人ってレベルじゃないぞ」

「それより召喚スキル持ちな上にレベル8のスキル？　神通力って……」

「課長、これ外に漏れたら拙《まず》いやつでは？」

「全部聞こえとるんじゃよなあ……」

何やらイナリの能力は凄い、らしいのだが。職員達が駆け寄ってきて説明したところによると、こうであるらしい。

S＝規格外、A＝事実上のトップクラス、B＝超上級クラス、C＝上級クラス、D＝中級クラス、E＝普通、F以下＝戦力外。

レベルが上がることで能力も上がっていくらしく、また同じランクでも差はあるらしいのだが……レベル1で魔力A、魔防Bは魔法系の覚醒者としては有り得ないくらいに破格であるらしい。

「なるほどのう……」

「たとえ此処から伸びないとしても全く問題のないレベルです。ジョブも初めて見るものですし……凄いですよ！」

「他が分からんから何とものう」

「普通はEかFが並んで、Dが一つでもあれば期待の新人なんですよ。Cがあろうもんなら大騒ぎです」

なるほど。確かにそれではイナリの能力値は大騒ぎを超える騒ぎになりかねないということだろう。

「……人の世、めんどくさすぎんかのう」

「世捨て人でもやってたんですか？」

「世を捨てたというか世に捨てられたというか……」

「あー……最近そういうニュース聞きますもんね。ネグレクトとか……」

「よく分からんが違う気がするのう……」

ともかくカードは発行されたのだが、真っ白なカードに写真入りで情報の載っているソレを手の平で遊ばせながら、イナリは「うーむ」と唸る。

覚醒者カード。そう呼ばれるカードにはイナリの名前が……「狐神《こがみ》イナリ」という名前が載っている。そう、苗字である。イナリが自分を国津神と名乗り、狐の耳と尻尾があることからだが……ステータスにもそう表示されているのを見るに、イナリとしては「ステータス」とかいう代物について何者による仕業かと悩んでしまうのだった。

……が、それはさておいて覚醒者カードも中々に素晴らしいものだ。個人情報保護とやらでカードに記載されているのは名前と顔写真、それとレベルと職業だけだ。

詳しいステータスは権限と端末が必要であるらしく、勝手には見られないことになっている。そして真っ白なカードは新人の証であるらしい。

「立派なもんじゃのう……」

「現時点での最新技術が投入されていますから偽造も出来ません」

「うむうむ」

光の具合で見えるキラキラしたホログラムが、イナリとしては実にお気に入りだ。

「それでイナリさん。今後のことなのですが……」

「む？」

「ひとまずの住居は手配しておきました。半年は無料となっておりますので、どうぞご活用ください」

「うむ、助かる」

青山の差し出した住所の書かれた紙を受け取り、イナリは頷く。確かに住んでいた神社も今は遠い。こうしたものを用意してもらえるのは非常に助かる話だ。

「で、他にあるかの？」

「イナリさんの能力は素晴らしいものです。積極的にダンジョン攻略をしていただけると助かります」

「だんじょん、のう……わしも見たが、アレはあまり良くないもんじゃぞ。まあ、先程も似たような話をしたかもしれんが」

「だとしても、対抗できる力もまたダンジョンにしかないのです」

「ふむ……」

ダンジョンを破壊した時、それをやめろといった類の警告じみたメッセージが表示されたことをイナリは思い出す。アレが何かは分からないが、仮にも超常の存在であるイナリに自分のルールを押し付けることが出来る何かであることは確実だった。

（天津神……ではないじゃろうのう。とすると異国の神……？　いや、それも違う気がするのう）

「ま、ええ。すてえたすとやらを管理しとるのが如何様な存在かはまだ分からぬが。ひとまずは踊らされてみるもまた一興か」

「我々はシステムと呼んでいます」

「しすてむ」

「誰かによって与えられる力ではありますが、何処か自動的でもある……そういった皮肉も込めた呼称ですね」

「なるほどの、中々に洒落が効いておる」

青山と話しながら辿り着いた場所は、エレベーターホール。それを見てイナリは嫌そうな顔になる。

「……これ、先刻も乗ったが何か嫌なんじゃよなあ……」

「そういった方もいらっしゃいますね」

青山はそうは言うが、全く気にせずエレベーターのボタンを押し……やがて高速で降下していくエレベーターの中で「あああああ……」というイナリの悲鳴が響いた。

「え、えれべいたは……嫌いじゃ」

「残念です。慣れると楽しいものなのですが」

「そうかのう……」

エレベーターからよろよろと出て壁に手をついていたイナリだが、やがて気持ちを立て直す。そんなイナリを見て青山も頷くと、慇懃《いんぎん》に頭を下げる。

「それでは、イナリさんの今後の活躍をお祈りしております」

「うむ、壮健での」

ひとまず「今の時代」がどうなっているか確かめてみなければ。あとは……資金の調達もだ。今のイナリは一文無しだ。稼げる手段がすぐそこにあるのなら、自力で生活できる基盤を整えて……その後は。

「だんじょん、すてえたす。世界に何が起こったのか、何者による仕業なのか……探ってみるのも悪くはない、か」

青山に見送られエレベーターから降りてエレベーターホールに出ると、その先はイナリの常識からでは驚くほどに広い空間だった。

高い天井、広い床と無数のカウンター、かつて最盛期だった頃の村全部を合わせたよりも多い人の数。行き交う人々は皆、丸山や宅井のように鎧やらローブやらを纏って腰に剣やらを差して盾を背負っている。

「うーむ……冗談みたいな光景じゃのう」

エレベーターホールを出れば広いホールに出るが……ザワザワと蠢《うごめ》く人々の熱気が少しムワッとしている。どうやら人が多すぎて空調が負けているようだが、そんな人々の視線がイナリに一斉に向く。

「狐耳……」

「え、尻尾？」

「何あの子。かわいい……」

聞こえてくる声が自分のことを言っていると分かるせいで、イナリの耳は自然とピクピクと動いて、それが更に周囲のざわめきを加速してしまう。

「動いてる！」

「え、そういうアーティファクトって……こと……？」

「欲しい……」

（聞こえとるんじゃよなあ……それにしてもまた、あーてはくと、か。まるで何があってもおかしくないように語られとる。こりゃあ……一種の信仰じゃのう）

そう、まるで「アーティファクトであれば何が出来てもおかしくない、そんなものがあってもおかしくない」と、そんな雰囲気をイナリは感じていた。

イナリ自身はアーティファクトを見せられたナイフ一本しか知らないので、そんな万能感を感じてはいないが……まるで神の奇跡の如き万能を信じているのだろうと、そんなことを思う。そしてそれは、まさに信仰そのものであった。

（いずれその辺りも探らにゃならんかもしれんが……今のところは放置じゃの）

少なくともシステムとかいうモノに関しては、イナリに自分の法則を押し付けられる……神格が上の存在であることは間違いない。そしてそれはどうにも、ダンジョンに対抗する力を人間に与えている。アーティファクトとかいうものも、その一環であるだろうとイナリは考えていた。

だがどうであるにせよ、イナリに出来る事は無い。それで世界が回っているのであれば、そこに今何か余計なことをするのは世界を壊すことになりかねないからだ。

「さて、と……確か、だんじょん攻略を頼まれておったの」

そのダンジョンが何処にあるのか分からないので聞かなければならないが……さて、何処で聞けばいいのか？　幸いにも注目は集めているようだが、話しかけていいものかどうか？　しかし、やるしかない。

「もし、ちょっといいかの？」

「キャー！」

「かわいいー！」

「……は？」

「ねえ、触っていい⁉」

「ちっちゃい、可愛い！　え⁉　何歳なの⁉」

「ま、まあ。ええが……」

「やったー！」

「うわ何この耳。気持ちいい……！」

しばらくモフモフされていたが……二人の覚醒者が満足して何処かに行った後、何も聞きだせていないことにイナリは気付く。

「ダメじゃ……これはダメじゃ！　もっと何かこう、冷静さを保っとる人間に……！」

周囲を見回せば、このロビーにいる人間は二種類いることに気付く。すなわち、統一された服装をしている人間と、それ以外の人間だ。確かアレは制服というものだ、とイナリは思い出す。何かの組織に属している者の服装……つまり此処の場合は覚醒者協会の人間だろう。

「もし、そこの方。覚醒者協会の職員さん、でよいかのう？」

「え？　あ、はい！　どのようなご用件でしょうか？」

「うむ。だんじょんの場所について聞きたいのじゃが」

イナリがそう言えば、職員は驚いたように「えっ」と声をあげる。

「もしかして、攻略に行かれるのですか？」

「うむ。何か問題でもあるかの？」

「そういうわけではありませんが、白カードの方の場合は複数人でパーティーを組むことを推奨しております。やはり、ダンジョンとは危険な場所ですので」

「ぱーてー、のう」

複数人で組むとはいうが、そんな初めて会うような者同士で上手く連携できるのかとイナリは訝《いぶか》しげな表情になるが、職員は「あ、心配要りませんよ！」と声をあげる。

「初心者用、と言われるダンジョンもございますしギルドで適切なバランスで組めるように紹介もしております。私たちにお任せください！」

「うーむ……」

明らかに善意で言っているし、イナリ自身初心者ではある。それに……「覚醒者」とやらの実力をイナリは知らない。

もしかしたら凄いのかもしれないし、そうではないのかもしれない。

まあ、測定時の反応を見るにイナリは自分が「凄い」部類に入ることはなんとなく分かっている。

しかし、それだけで全てが判断できるとも思えない。

（すてえたすについては、まだ分からんことも多い。此処は覚醒者事情について詳しくなるためにも、話を受けるのが吉、じゃな）

そう結論付けると、イナリは職員に頭を下げる。

「ご厚意痛み入る。ぱーてーの仲介、是非お願いしたい」

「え、あ、はい！　お任せください、張り切っちゃいますね！」

「うむうむ。期待させていただく」

「では、こちらの七番の番号札をお持ちになって、あちらのマッチングサービス待合室にてお待ちください！」

「う、む。まっちんぐさあびすじゃな」

どうにも横文字に慣れなくて困るが、いつかは慣れなければいけないと思いつつもイナリは示された場所へと移動していく。

どうやら専用の広間になっているその場所には自分でパーティーメンバーを探すためのパソコンや呼び出し番号を表示するためのモニター、休憩用の椅子などが完備されていた。

しかし……何よりイナリの目を惹きつけたのは、おまけのように置かれたテレビだった。

イナリの知るそれよりもずっと大きく、薄く……そして何より美しい映像。

ダイヤルもないのにどうやって番組選択をしているのかは謎だが……思わず耳をピーンとたててにじり寄ってしまう。

「おお……おお、おお！　てれびは此処まで進化しておったのか。しかしだいやるも無しに、如何様にして番組を変更しておるのか。もしやこんなところにまで覚醒者の技術が……？」

となると、番組を変えるのは如何なる力か？

念力ではないだろう、するともっと感応系の力だろうか？

テレビに意思を伝え、番組の変更を為す。そういうことが可能なのであれば……なるほど、なんたる極楽か。早速試さねばならぬと、やったことはないがイナリはテレビに思念を送り始めた。

（番組よ変われー、野球が見たいのじゃ。野球ー）

やったこともない技だが、覚醒者にできるならできるかもしれない。

そんな根拠のない自信と共にイナリは思念を送り……かくして、テレビの画面が砂嵐になり始めた。それ自体はイナリには何の問題もないのだが、アナログ放送など知らぬ世代はガタッと立ち上がる。とどめはテレビから聞こえる音だ。

『や、きゅ、み……』

「う、うわあああああ！　テレビが変になったぞ！」

「故障か⁉」

瞬間イナリはハッとしたように思念を送るのをやめ……途端にテレビの画面は元に戻る。

やってきた職員たちがテレビを囲むのを見て「すまん……」とイナリは謝りにいくが、逆に「え?」と困惑されてしまう。

「いや、番組を変更しようと思うてのう。しかし、上手く思念が送れなんだ」

「え? いえ、え?」

しかしそんな謝り方をされても、職員としてもわけがわからない。

「えーと……申し訳ありませんが、故障していないか調べますので失礼します」

「あ、いや……」

職員がリモコンで番組を変え始めるとイナリは「あれで操作するんじゃったのか……」と納得するが、「問題なし」と判断した職員たちは首を傾げながらも去っていく。

なんだかこれ以上問題を蒸し返しても仕方なしとイナリは判断するが、申し訳なさそうに耳をぺたんと伏せてテレビから離れていく。

(いかんのう、足らぬが実力なら一人で籠《こも》り鍛えればよいが、常識ばかりはそれでどうにかなるものでもなし。何しろ何が足りぬかも皆目見当がつかぬ)

世の中が、イナリが居た頃と変わりすぎている。テレビ一つにしたところでこの有様だ。他にどんなものが変わっているかイナリには想像もつかないし、それでやらかした際に「それが常識だと知らなかった」などと言ったが最後、どうしようもない奴扱いされても文句すら言えない。そうなる前にどうにかしなければならないが……こうなると、覚醒者のイロハを先程学んだことが活きてくる。

一般生活の常識を知らずとも、覚醒者の常識をある程度知っていればダンジョン攻略に関してはそれなりに立ち回れる。後はゆっくりと他人の振る舞いを見て学べばいい。そうしたことに関してはイナリは得意な「つもり」だった。

勿論「つもり」であって、先程テレビをホラーなことにしたばかりなのだが。ひとまずは情報からと思い置かれた雑誌を手に取ってみるが、何やらサッパリ分からない。

（なになに、株取引の落とし穴。覚醒者関連びじねすの熱狂に便乗した悪質べんちゃあモドキの乱立、未公開株の裏取引と詐欺……）

「……かぶ、とはなんじゃったかの。聞き覚えはあるんじゃが……」

まさか野菜のカブではあるまい、とイナリは首を傾げる。しかしまあよく分からないが世の中には悪の種は尽きまじ、ということではあるようだ。

「株に興味があるのかい？　なら俺の先輩が良い勉強会を開いてるんだけど」

「去ね。さもなくば尻を蹴とばしてくれようぞ」

寄ってきた軽薄そうな男に振りむきもしないままにイナリは吐き捨てる。たった今、そういうのに騙されないための記事を読んでいる人間を、どうして騙せると思うのか。

「もしかして怪しい誘いだと思ってる？　ただの勉強会だよ、勉強会。怪しい勧誘なんかないし、むしろお得な情報があーっ！」

思い切り回転したイナリが回し蹴りを食らわせると、男はよろめくが「何すんだ！」と振り向き……しかしその隙にイナリは騒ぎを見てこっちに近寄ろうとして来ていた職員の後ろに隠れて男を

指さす。

「あの男がわしをなんぞゴチャゴチャぬかして何処かに連れて行こうとするんじゃ」

「え！」

「は⁉」

驚愕し即座に非常用の警笛を取り出す職員と、驚愕する男。イナリの言ってることに一切嘘がないだけに男としては上手い言い訳が思い浮かばず「こ、このガキ……」と最悪の一言を呟いてしまう。まあ、実際怪しげなセミナーに連れて行こうとした詐欺師だが、少女誘拐犯はちょっとばかりタチの悪さと世間体が段違いだ。しかも今の一言で職員の疑いがマックスになって警笛を吹かれてしまう。即座に走ってくる警備職員に職員が叫ぶ一言は「ロリコンの誘拐犯です！」だ。

知能犯で捕まるならまだしもロリコンで捕まっては詐欺師界隈でもやっていけなくなる。慌てて逃げようとするのもまた悪手、即座に捕縛されて何処かへ「違うんだ！」と叫びながら連れていかれるが……まあ、どう言い訳をするつもりか見ものではある。見ないけども。

「もう大丈夫ですからね」

「うむ、感謝する。まったく、ぱーてーの斡旋《あっせん》待ちじゃというに、あんな男がいるとは」

「まったくです……あ、ちょっと待ってくださいね」

電話の着信に気付いた職員は何事かを話した後、イナリをチラリと見る。その表情は疑いではなく、気遣いに満ちたものだ。

「先程の男ですけど……どうやら覚醒者のフリをした詐欺師みたいですね。今後も怪しげな人を見つけたら、すぐ大声をあげて助けを求めてくださいね」

「うむ、そうしよう」

「しかし此処にはこんなに覚醒者がいるのに、女の子一人助けようとしないなんて」

職員の視線と言葉に何人かが目を逸らすが、イナリとしてはそれに乗っかるつもりもない。人の世の不義理は少しばかりどうかと思うが、此処にパーティーメンバーがいるかもしれないのだ、下手に責めて印象を悪くする必要も感じない。

「まあ、此処にいるのはわしと同じ初心者じゃろう？　悪漢に立ち向かえというのも酷じゃよ」

「いい子ですねえ……でももっと怖いモンスターに挑むんですから、悪漢に怯むようでは……」

まあ、それについてはその通りだしイナリもそれ以上庇うつもりもなかった。そして同時に、此処で得られるというパーティーメンバーについても然程《さほど》の期待も持てずにいた。

「ところで、一つお願いがあるのですが」

「んん？　なんじゃ？」

「……そのお耳、触っても？」

「うむ」

何故人の子は耳を触りたがるのか。イナリには理解できないが……まあ、それで何かの助けになるならそれでもいい。イナリはそんなことを思いながら触られていた。

そうしてやけに耳を触り慣れた手つきで触る職員に耳を任せていると……何やら放送が聞こえてくる。

『七番、十一番、十七番、二十四番の番号をお持ちの方はカウンターまでおいでください』

「お、わしじゃな。ではすまんが、もう行くでのう」

「残念ですが……また触らせてくださいね」

「う、うむ……」

何がそんなに彼女を狐耳に執着させるのかは分からないが……イナリは周囲を見回しカウンターを見つける。この待合室にはカウンターは一つしかないので、迷うこともない。カウンターに行くと、男性職員が一人。そして男女混合の三人組が立っていた。

一人は、髪を金髪に染めたチャラチャラした男。腰に提げた剣が、やけにキラキラしている。着ているのはプロテクターのようなものだ。

一人は、気の弱そうなショートヘアの少女。こちらは大きな盾を背負い鎧を着込んでいる。

一人は、ニコニコと笑顔を浮かべる短髪の男。こちらはメイスを腰に吊るしている。防具は防刃と思われるジャケットを着ているが、大分軽装ではある。

背格好も服装も武装も全部バラバラな三人だが、三人からしてみればイナリの方が「なんか変なのが来た」といった印象だったりする。まあ、それも当然だろう。狐耳尻尾に巫女服、武器も持っていないように見える……さらに言えば子どものようなイナリなのだ。統一感があるだけに恰好だけきめてきたコスプレじみた印象すらある。実際恰好だけはしっかりしている「形から入る」初心者は結構いるらしいが……ともかくそんなイナリがその場に行くと、職員の男が「揃いましたね」と咳払いをする。

「剣士の神田零さん、盾戦士の田辺舞さん、治癒士の新橋権蔵さん、それときつ……」

言いかけた職員の男は手元のタブレットとイナリを見比べて再度の咳払いをする。

「……狐巫女の狐神イナリさんです」

イナリは、自分に求められている役割についてはなんとなく理解できた。理解できたが……なるほど、思ったよりも役割に特化しているのだな、というのが正直な感想だった。

それぞれが持っている武具も、たぶん神田の物が一番性能が良い。他の二人に関しては、妙な力は感じるが然程たいしたものではないだろう。

「今回のマッチングの相性を確かめる為にも、こちらで初心者用ダンジョンを選定しました。資料をお渡ししますので、ご参考に」

「ふむ」

そうして全員に配られた資料は、薄い冊子だ。「東京第二ダンジョン」と表紙に書かれたそれは……どうやら、地図付きの詳細な資料であるようだった。しかし軽くペラペラ捲《めく》っていくと、神田が「よし！」と声をあげる。

「ま、大したこともなさそうだし早速行く？　時間はキチョーだしな！」

「そ、そうですね！」

「賛成です。初心者用ダンジョンは稼ぎにもなりませんし」

（む……？）

三人の反応に、イナリは僅かばかりの違和感を抱く。命を懸けた戦いをしに行くには随分と軽いが、これが今時の死生観というものなのだろうか？

「狐神ちゃんは？　武器とか持ってないみたいだけど大丈夫？」

「あ、ああ。大丈夫じゃよ。では行こうかのう」

その辺りはよく分からないが、それが普通というのであればイナリがどうこう言うものでもない。水を差して浮く必要もないからだ。

「東京第二ダンジョンは……あ、無料バス出てるってさ」

「七番のバス停ですね」

テキパキと進めていく彼等は如何にも慣れており、イナリはぽかんとしていたが……もしかすると初心者ではないのかもしれないと思い直す。

まあ、マッチングサービスに来るのが初心者だけとは誰も言っていなかったな……とイナリは思い出すが、そうして三人に連れられるままに東京第二ダンジョン前へと到着する。

そこにはイナリが見たのと似たようなダンジョンゲートがあったが、薄い青色の光が渦巻くゲートの周辺には頑丈な囲いと門、そして剣で武装した警備員が立っていた。といっても外部委託ではなく覚醒者協会の職員であるのだが……イナリにはそんなことは分からない。

「どうも、覚醒者協会のマッチングでの攻略です」

「はい。では皆さんの覚醒者カードを確認させていただきます」

カードを確認する度に門の奥へと案内されるが……そうしてダンジョンゲートを目の前にしてみると、どうにも凄まじい力を持ったモノだとイナリは思う。ただ、イナリが壊したものに比べれば大分力が弱いようにも見えるが……それでも相当なモノだ。

（やはり、祟《たた》りとしか思えん……斯様なものを鉱山と有難がるとは……時代は変わるもんじゃの）

「じゃあ、一応確認な。俺と田辺ちゃんが先頭で、狐神ちゃんと新橋さんが後衛。田辺ちゃんはヘイト技は使える？」

「は、はい！　範囲は音の聞こえる範囲になりますけど」

「おっけ、上等上等。新橋さんのヒールの射程は？」

「見える範囲内です。私が上手く視認できないとヒールが届きません」

「うし、じゃあ狐神ちゃん。何使える？」

「ま、一通りできるかの」

（この男……結構出来る方なのかの？）

そんなことを思いながらイナリが答えれば神田が「おっけー」と軽く答える。

「んじゃ行きますか。ま、軽くいこうぜ」

そうしてダンジョンゲートに体当たりをするかのように潜っていく三人を見て、イナリも「ふむ」と頷き真似をする。そうして視界が歪むような感覚を味わった後……辿り着いたのは、何処かの洞窟の中のような場所だった。

壁に松明が掲げられ煌々と照らされた洞窟は明るく、しかしどこかじめっとした空気が漂っている。

「一般的なゴブリンの洞窟形式だな。ま、楽勝っしょ」

神田はそう言うと剣を引き抜き、スタスタと歩きだす。その後を田辺も追い、新橋が「狐神さん、行きましょう」と促し歩き出す。

（楽勝、のう……）

実際どんなものかイナリはまだ知らない。だからこそ三人の後をついていくように歩き出すが……不快な気配と声がしたのは、その直後だった。

「ギッ！」

「ギギギィィ！」

粗末な襤褸布《ぼろぬの》のようなものを纏い、さび付いた武器を振って走ってくる、明らかに人とは違う何か。資料に描かれていたものソックリの「ゴブリン」がイナリたちに向かってくる。

「いくぜ！」

神田が走りだし「スラッシュ！」と叫びながら振った剣が光を帯び、ゴブリンを一撃で切り裂き倒す。

（ほう！）

感心しながらもイナリは青い狐火を一つ生み出しゴブリンへ発射し吹っ飛ばす。

なるほど、あのスラッシュとかいう技があればゴブリンなど敵ではないのだろう。自信もその辺りからくるものか、とイナリは納得するが……そんなイナリの視線の先で、ゴブリンの死骸が消えていき小石程度の光る石が二つそこに残される。

「魔石だな。ま、小遣い程度にはなるか」

腰の小さな袋に石を入れると、神田はイナリへとパッと笑顔を向ける。

「狐神ちゃーん！　すげえじゃん、詠唱すらなかったよな⁉　何アレ！」

「ただの狐火じゃよ」

「あー、狐巫女だっけ！　レベル幾つよ、俺は7なんだけど！」

「1じゃな」

特に隠すことでもないと答えれば、全員が「えっ」と声をあげる。

「レベル1であの威力の火魔法を……？」

「凄いですね。これは、思わぬ逸材と出会ったのでは」

「ハハ、すげえな狐神ちゃん！　今のだけでもマッチングした甲斐あるじゃん！」

「お、おう。そう言ってもらえるのは嬉しい、のう？」

比較的問題の無さそうな攻撃手段を選んだつもりなのだが、どうにもやり過ぎだったらしい。しかしまあ、やってしまったものは仕方がない。イナリは心の中で溜息をつきながら、幾つか考えていた攻撃手段を頭の中から削除していく。

「じゃ、ガンガン行くか！」

神田は結構リーダー気質があるようで先頭に立ち言葉通りにガンガン進んでいく。

ゴブリンは武器の違いこそあれど実力的には然程違いもない。初心者向けというのも理解できる
……などとイナリは思うが、同時に疑問も浮かんでくる。

こんなものを作ったのは誰なのか？　ステータスを作った者と同一なのか？　もしそうだとして

……それは何処の神なのか？

分からないままにイナリたちは洞窟の奥へ辿り着く。すると、そこで椅子に座っていたゴブリンが「ギイイイイ！」と不快な声をあげる。

「ゴブリンリーダーか！　狐神ちゃん、一発頼む！」

「うむ」

正直イナリには違いが装備以外には然程分からないが……ひとまず狐火を放つ。

ゴウ、と音を立てて放たれた小さな火はゴブリンリーダーの頭を一撃で吹っ飛ばし、ゴブリンのものよりは少し大きい魔石と……微妙なデザインの額あてが落ちる。

「一撃かよ……」

「私たち、いらなかったですね」

「凄いです……」

「うむぅ」

そんなことを言われても、と唸ってしまうイナリだったが、「初心者向け」とやらが想像以上に簡単であることは理解できた。正直、このくらいであれば仲間は必要ない。

「お、ゴブリンリーダーの額あてか……F級アイテムだけど、誰か使うかー？」

「む？　見ただけで分かるものかの？」

「いや？　アイテム情報は結構公開されてるからなあ」

「ゴブリンリーダーの額あては誰でも使いやすいからそれなりに人気なんですよね」

神田の説明に新橋がそう補足するが、まあイナリは欲しくもなんともない。ないが……それが「アーティファクト」と呼ばれる類のものと同質であることは理解できていた。

ワイワイと盛り上がる「仲間」たちを余所に、イナリの思考は冷えていく。

この世界にいるはずのない、モンスターたち。死体の消失する不可思議な状況に、簡単に手に入るアーティファクト。

（この世界はどうなっておる……いったい、何処へ向かっているのじゃ……？）

分からない。分からないが……イナリはこの時、一人で行動することを決めていた。覚醒者とやらの力は確かめたし、その上で「必要ない」と判断できてしまう。確かに強いのだろうが、イナリが自由に動くには居ない方が都合がいい。だからこそ精算作業とやらを固辞して魔石を一個だけ貰い、与えられた家とやらに向かうのだった。

◇◆◇

「ほう、これが……半年無料、とな」

イナリが辿り着いたのは、覚醒者協会日本本部から程近い一軒の家だった。

二階建ての鉄筋コンクリートの家は非常に現代的だが、イナリから見れば理解できない箱型の家に思えた。

「よう分からんが立派じゃのう……」

実際には築年数もそれなりにたっているし、覚醒者協会から近いというのには実はデメリットもしてしまう。

あったりする……が、イナリには関係ない。貰った鍵を差し込み開けると、イナリはなんだか感動

（ううむ。よう考えてみればわし、自分の家を持つなど初めてのことじゃのう）

今までイナリは「自分の家」など持ってはいなかった。あの廃村にも住んではいたが勝手に住んでいただけであり、イナリのものだったわけではない。

まあ、此処も借りているわけだからイナリのものではないが……それでも、相当違う。そして内装も家電も、イナリにとってはよく分からないものばかりだ。

「てれびは……まあ、さっき見たから分かる」

ある程度の準備はされているらしいのですぐに使えるのだろうが、それにしても分からないものが多すぎる。さしあたっての問題は部屋の明かりだ。

「室内灯はある。あるが……紐は何処じゃ⁉　知っとるぞ、こう紐を引けば電気が点いたり消えたりするんじゃろ⁉」

その方式はすでに一部にしか残っていないが、イナリの知識はそこで止まっているので仕方ない。しばらくあちこちウロウロした後、ようやく電気のスイッチを見つけたり水道のハンドルを確かめたりと一通り大騒ぎするとソファーにぐってりと倒れこむ。

「時代変わり過ぎじゃろー……めんどくさいのじゃー」

あまりにも変わり過ぎた文明はイナリにとっては新鮮な驚きの連続過ぎて、気疲れが酷い。

電話のダイヤルすら消えたこの時代、慣れるだけでも相当な手間がかかりそうではあった。

そうしてソファーに倒れこんでいたイナリだが、ふと思い出したように起き上がると懐から小さな魔石を取り出す。ゴブリンから出た魔石だが……淡く光るこの石は現代では様々なエネルギー源として使われているらしい。

「魔石、のう……このようなものが石炭や石油の代わりになっとるとは」

イナリの見たところ、妖力や神力というよりは、その中間……もっと純粋なエネルギーに近い。あのアーティファクトとかいう不可思議な道具と同じものを感じるのだ。恐らくは同じ原理のものだろう、とイナリは判定する。

翻って、あのゴブリンといった「モンスター」が持っているのはかなり淀《よど》んだものを感じた。あちらは妖力と言っていい。そんなものから出る魔石がこれほどまでに性質が違う純粋なもの……ということは、一つの想定が出来る。

「だんじょんで戦うことは、悪しき力の浄化に繋がる……そして純粋な力を受けて人は成長する。すなわち、人を成長させるために存在する？」

しかしそうだとすれば、誰が何のために？

自然発生した類のものでないことは、イナリはもう知っている。ダンジョンを壊したとき、あのウインドウを通して何者かが確かにイナリにメッセージを伝えてきたのだから。この一連のことには、必ずそれを管理する何者かの意思がある。

「その何者かは、人を成長させて何とするのか。このわしまで成長させようとする理由は？　高天原の御方々の仕業ではあるまい。斯様な複雑怪奇なことには向いておらん」

とすると、他の国の神々の仕業か？　それも違う気がする。ならば一体？
悩んで、悩んで……イナリは手の中の魔石をくるくると遊ばせる。
「むーん。頭の中だけで悩んでも答えは出ん、か。そうじゃな、まずはこのまま相手の手にのってみるのが一番かの？」
言いながら、イナリはちょっと考えてから魔石を口の中に放り込む。
「おっ、イチゴの味がするのう！」
そのまま口の中で転がすと、シュワッと溶けてイナリの中に僅かではあるが力が流れ込んでくる。
━━魔力が上昇しました！━━
「お？」
当然そのメッセージはイナリにも見えていたが、どうすればいいかはイナリも講習を受けたので分かる。
「すてえたす！」
名前：狐神イナリ
レベル：1
ジョブ：狐巫女
能力値：攻撃E　魔力A　物防F　魔防B　敏捷E　幸運F
スキル：狐月召喚、神通力Lv8
「……何も変わっとらんように見えるが……あ、そうか。ふぁじーしすてむだとかで、大雑把にしか分からんのじゃったな」

そう、システムの指し示す数値は大雑把なものに過ぎない。

たとえば同じ攻撃Eでも殴り合えば一方的に打ち勝つような差があったりするのだという。

言ってみれば「限りなくDに近いE」と「限りなくFに近いE」のような差があるのだ。

何故そんなことになっているのかは分からないが、その程度は誤差にしか過ぎないのかもしれない……という見解になっているらしい。

「ふむ。しかし……魔石を食えば魔力が上がる、と。そんなもんを試したことがない人間がいないとも思えんが。人の子の身ではそういうことすると腹を下したりするのかもしれんのう」

魔石を食えば魔力が上がるなら、魔力Aなど大したものではない。

ないが、その割には魔石の扱いは雑だった。つまり食べられないものとして認識されていると考えるのが普通で……実はその通りであったりした。

魔石を食べた人間は大抵身体に異常を起こして寝込み、あげくに何も変わらない。乾電池を食べて電気の力が手に入らないのと同じようなものだと、もうそういう風な常識になっているのだ。

つまりイナリが魔石を食べて能力が上がったのは普通ではない……のだが、イナリがそんなものを知るはずもない。

「ま、ええ。そうなればだんじょんの謎を解くためにはもっと魔石を食って魔力とやらを上げるのが近道かの？」

イナリの力が上がれば、出来ることも増えていく。そうすれば世界の謎にも近づいていけるだろう。

「なんならもう一回だんじょんを壊してみれば見えるものもあるやもしれん」

―ダンジョンの破壊は中止してください―

「ぬ？　なんじゃ見とるのか？」

―想定外の事態に対応する為の特別監視が設定されています―

「なら教えてくれんかのう？　だんじょんとはなんじゃ？」

その問いに、答えはない。まあ、そうだろうなとイナリも思ってはいた。

だから、質問を変えてみる。

「そもそもお主は誰じゃ？　何処ぞの神かえ？」

やはり答えはない。ないが……イナリは確信した。

何処かの誰かが、この状況を作った……あるいは、管理できるようにした。そしてそれは、確かに意思を持っている。つまり、何らかの目的を持っているのだ。

「ええじゃろ。ひとまず踊らされてやろうではないか。力をつけ、お主が何を企んでいるのか看破してやろう。待っとるがいい、管理者よ。すぐにわしがそこまで行くからの」

それはイナリの、この新しい時代における目標であり……宣言であった。

第2章　お狐様、現代社会に適応しようとする

目標が決まれば、何をすればいいかも見えてくる。

強くなるために必要なもの……つまりレベル上げと魔石集めである。魔石はイナリの魔力を上げるために必要で、レベルは上げれば能力が上がり才能があればスキルも手に入るらしい。

実のところ、このスキルがネックであり「レベルは努力。スキルは才能」という言葉もあるらしい、のだが。

「ふーむ……だんじょんとやらは、結構な数があるのじゃのう」

今イナリがいる東京には、大小合わせて十の固定ダンジョンがあるらしい。

基本的に固定ダンジョンは覚醒者協会が一元管理することになっており、臨時ダンジョンに関しては言い方は悪いが早い者勝ちである。

一度クリアしてみれば固定ダンジョンか臨時ダンジョンかは嫌でも判明するため、ダンジョンが発生すれば覚醒者が押しかけて我先に飛び込むのが今時の普通だ。固定ダンジョンであるとなれば覚醒者協会の管理となり、一部の覚醒者が独占しないように色々と配慮することになる。この辺りの舵取りを間違うとやはり大変なことになるのだが、その為に覚醒者協会は中立を掲げているらしい。

そして覚醒者協会の管理する固定ダンジョンは今イナリが読んでいるような分厚い本や覚醒者専

用サイトに記載され、推奨レベルや出てくるモンスターなど、詳しい情報が記載されるようになる。そして「大規模攻略」と呼ばれるモンスター災害を起こさないためのモンスター狩り……つまり一年ごとに指定された回数の独占が出来る権利の委託が覚醒者協会から行われたりと……まあ、色々やっているようだが、そこは今のイナリにはあまり関係ない。

「予約は電話。二十四時間受付、番号が……」

言いかけて、イナリは居間にある電話をチラリと見る。ダイヤルではなくボタンがついていて、しかも何やら画面のついている不可思議な……もとい最新式の電話。あちこちひっくり返したら説明書を見つけたが、説明書の説明書が必要なレベルで意味が分からなかった。しかしとりあえず、電話をかけるのと受けるのだけは出来る……はずだ。

「う、うう……どうして現代の電話は斯様に機能が多いのじゃ。何故何個もぼたんを押さねばならんのじゃ。だいあるでジーコジーコしてはいかんのか？」

懐古主義じみたことをイナリが言っているが、黒電話の時代から多機能でデジタルな電話の時代にいきなり叩き込まれた心境は、まさにタイムスリップの如しだ。現代人にとってみれば当たり前すぎて、逆に気が利かなかった部分と言えよう。これでもしオートロックマンションだったりしたら、今頃マンションに入る方法が分からなくて泣いていたかもしれない。

さておき、イナリはじりじりと電話に近づくとゆっくりと操作していく。すでに尻尾は緊張でぼわっとなっているので、かなりいっぱいいっぱいである。今このタイミングで何か余計な音がしたら「キエー！」と叫んでジャンプするかもしれない。

ピンポーン
「キエー！」

受話器を持ったままジャンプしたイナリはバクバクと煩い心臓を押さえながら受話器を置く。

「な、なんじゃあ⁉　あ、いんたーほんか！」

カメラ付きインターホンの画面には何やら一人のスーツ姿の女が映っているが、実のところまだイナリはこのインターホンの使い方がよく分からない。そんなに一度にたくさん頭に詰め込めないのだ。仕方ないのでドアの近くまで走っていくと、チェーンをかけたままドアを開ける。

「新聞なら金はないし押し売りならやっぱり金は無いから帰ってほしいのじゃが何用かの？」

「覚醒者協会の者です。これ、身分証です」

覚醒者協会日本本部、営業部サポート課　安野果歩《やすのかほ》。

そう書かれた身分証を見て、イナリはチェーンを外し安野を迎え入れる。

「さぽーと！　知っとるぞ、困った時に言うと助けてくれるんじゃ！」

「え、あ、はい。サポート課の安野果歩と申します。今回狐神さんが特殊なケースということで、秘書室長の青山の方から連絡を受けましてサポートに参りました」

「おお！　では電話の使い方とか風呂の使い方とかを教えてくれるんじゃな⁉」

「え⁉　そこからですか⁉」

「というかどこから教わればいいのかも分からん！　わしが動いてる家電でマトモに使ったのはら

じおくらいじゃからな！」

「なんでですか⁉　え、どんなとこで暮らしてたんですか⁉」

「だぁれもおらん山の村じゃ！」

「え、あ。ちょっと待ってください。世間知らずとは聞いてましたが、世間知らずのレベルが凄すぎて混乱してます……え？　私の独り立ち初の案件、これなの……？」

安野は青ざめた顔でニッコリ笑うと「少々お待ちください」と言いながら一度家の外へ出ていくそしてスマホを即座に取り出すと上司へ小声で電話を始める……が、イナリにはバッチリ聞こえている。

「あの、世間知らずのレベルが凄いんですけど！　いえ、そうじゃなくて家電全般の使い方知らないみたいで……あと狐耳と尻尾あるんですけど！　しかも子どもっぽいんですけど頂いた資料にその辺記載全く……え⁉　どうにかしろって……あ、ちょ、課長⁉」

「何やら大変じゃのう……わしのせいじゃし、すまない気分になってきたのう……」

「へ⁉　い、いえ！　そんなことは！」

「大丈夫じゃよ、全部聞こえとったから。ちなみに耳と尻尾は自前じゃよ」

ひょっこり玄関から顔を出していたイナリがそう言えば、安野は倒れそうなくらい青い顔でうぎゅう……とうめき声を絞り出す。

「ど、どうか苦情の電話だけはご勘弁を……」

「そんなものはせんけどのう。しかし最近のとらんしいばあは何やら格好よくなっとるんじゃなあ」

「スマートフォンです……トランシーバーじゃないです……」

とにかく安野を中に迎え入れて一通りの家電レクチャーを受けると、イナリは感心したように何度も頷く。

「最近の家電は凄いのう」

「最近のっていうか……」

「まさかぼたん一つ押せば何でもできるようになっておるとは」

「え？　本当に操作分かってます？」

「うむうむ。任せるが良い」

不安だなあ、という顔の安野だが、本人が大丈夫と言うなら大丈夫だろうかと気を取り直す。

家電の類は、なにも使いこなす必要はない。最低限のことが出来ればあとはどうにでもなるものだし、それ以上のことは必要に応じて説明書を読めばいい。今の時代、そういうものだ。

「まあ、そういうことなら安心しました」

「うむ、助かったよ。ありがとうのう」

「いえいえ、どういたしまして。それでは、私はこれで……」

一礼して、出ていこうとして。安野は「あっ」と声をあげる。

「忘れ物かの？」

「いえいえいえいえ。違うんですよ。私の仕事は家電サポートではなくてですね？」

言いながら安野は名刺を取り出しイナリへと渡す。

「改めましてごあいさつ申し上げます。覚醒者協会日本本部、営業部サポート課の安野です。今回狐神さんはその……特例での迎え入れということで、色々とサポートを行うように指示を受け参りました」

「あー、それは助かるのう」

特例。確かに特例だろう。山奥の廃村にいた戸籍もないイナリを覚醒者として登録することで戸籍を作ったのだ。ダンジョン発生前にはとてもではないが出来ないことであり、覚醒者という存在の特別さを象徴するような事例でもある。

まあ、日本の場合はもう少し事情が異なる。「初期対応を間違った国」の中には日本も入っていて、強力な覚醒者は喉から手が出るほど欲しい状況であったりする。多少素性が不明でちょっと狐耳とか尻尾とか生えてて、子どもなのに「のじゃ」言葉の強力な力を持つ少女……なんかもうとんでもなく怪しいが、そのくらいで怪しい人物扱いして逃げられている余裕はないのだ。安野が派遣されたのも、その辺りのご機嫌伺いの意味もあったりする。

「早速ですが狐神さん。今後の活動方針はどのようにされていくご予定ですか?」

「うむ。まあ、この辺りの事情も疎いでのう。まずは無理をしない程度にだんじょんに行くつもりじゃが」

それを聞いて安野は満足げに頷く。無難だ、安定で手堅く、手順としても非常に正しい。

覚醒者は皆自分が特別と信じて無茶をしようとする傾向があるが、無茶をしたって特別な能力が生えたりはしない。たぶん。その辺はデータが足りないので確実なことは言えないが、無茶をしたって死亡率が高まるのはデータが証明しているのである。そういう点でイナリの言うことは優等生で安野としても安心だ。

「そう仰ると思いまして、今日は人員を募集している有望なパーティーのリストを用意してきたんです。たとえばこの『オールナイト』ですが、全員がナイトの非常に堅固な」

「あー、いや。わしは一人で行くぞ?」

「えっ」

「まっちんぐさあびすとやらを受けてもみたが、正直あまり利点を感じなくてのう」

「ええ……? ちょ、ちょっと待ってください。ダンジョン攻略は前二中二後一、という理想形があるんですよ」

前二中二後一。それはパーティーにおける理想形と言われる構成のことだ。

前衛二人、中衛二人、後衛一人のことだがもっと言うと前に立ち防御を担当するタンクとあと一人を前衛として、魔法で強力な攻撃を担当するディーラーと回復を担当するヒーラーを中衛に、そして後衛は弓を使う遠距離スナイパー系のディーラーが良いとされている。

つまり前衛二人が頑張っている間にディーラー二人が敵を倒す……というわけだ。色々あったが、これが一番無難で安定力があるとされている。勿論前衛にも攻撃力に長けたディーラーは存在するが、損耗が激しいので死傷率も高くお金もかかる……と不評だったりする。

「ほう。ちなみに先程言うとった『おーるないと』は」

「アレは全員タンクなので、質の良いディーラーを募集してるんですよ。狐神さんは攻撃力が凄いという話でしたので、逆に合うかと思いまして」

「ふーむ」

つまり攻撃してダメージを与える役割がディーラー。

防御を固め壁となるのがタンク。

回復を担当するのがヒーラー。

この三つの役割で回っているということなのだろうとイナリは理解する。

ちなみにイナリにどれが出来るかというと……まあ、全部出来る。それを考えると……。

「やっぱり要らんのう」

「え!?　どうして」

「じゃって聞いた感じじゃとわし、全部出来るんじゃもん」

「いえ、全部って……盛るにしても、もう少し慎みが……」

安野からすれば上司から受け取ったイナリの情報は魔法系ディーラーだ。

どのパーティーでも必要なだけに、ヒーラーの次くらいには重宝される役割だ。なのに「全部出来る」とは、自信過剰にしてもひどすぎる。攻撃Eで物防F、敏捷E。こんな能力でタンクが出来るはずがない。

なるほど、こんなところでもサポートが必要なのかと。安野は自分の中から使命感の炎が湧き上がってくるのを感じていた。イナリからするといい迷惑だ。

「分かりました！　そう仰るのであれば……」

「うむ」

「私も次のダンジョンに同行します！」

「えっ……」

思わぬ安野からの申し出に、イナリは「迷惑じゃのう……」と心の底から呟いていた。

「め、迷惑って」

「迷惑じゃのう……」

「二回言った！　あ、あのですね。サポートを受けることで、思わぬトラブルの回避にも繋がったりするんです。知らないっていうのは一番怖いことですから」

「まあ、それは分かるがのう」

「お任せください。こう見えて私、エリートですから！」

「うむ。ではえりーとらしくそこの電話の使い方を教えてほしいんじゃが」

「あ、はい。プッシュボタン式ですね。試しに私の番号にかけてみますか？」

「いや、ええよ。ひとまず使い方を教えてくれれば」

「はい、それではですね……」

安野の教える通りに電話をかけるイナリだが……かけた先は、名刺で連絡先を知っている秘書室長の青山である。

『はい、青山です。この番号は狐神さんですね？』

「うむ、わしじゃよ」

『どうかされましたか？　確かサポート課の者が到着しているはずですが』

「うむ。今は電話の使い方を教わっておる」

『そうでしたか。気になることは何でも聞いてくださいね』

和気あいあいとした様子で話しているイナリと青山だが、それを見ていた安野は置かれた名刺を見てギョッとする。

「え、秘書室長……？」

『おや、今の声は』

「ああ、安野じゃの。だんじょんについてくると言うからのう。まあ、確かに必要なのかもしれん。儂は知らんことのほうが多いからの」

『そうですね。知識は武器です。そこにいる安野は使い倒して構いません』

「ハハハ、流石にそんなことはしないが頼りにするとしようかの」

そうして電話を切ると、安野が「えーと」と冷や汗を流していた。

「秘書室長とはその、どのようなご関係で」

「うむ？　ああ、色々と教えてくれたんじゃよ」

「色々……」

具体的にどう色々なのか聞きたい安野だったが、秘書室長など遥か上の人間なので聞かない方がいいだろうと黙り込む。藪をつついて蛇が出てくるともいうからだ。まあ、つついても蛇など出てこないけれども。

「え、えっと……それでは次はどうしましょうか？」

「そうじゃのう。ひとまずご飯の炊き方と……風呂の沸かし方かのう？」

「えーと……ではまずはご飯の炊き方を……」

（生活能力がない……どうやって今まで生活を……コンビニ……？）

気にはなるが、聞きはしない。とにかく生活能力ゼロだと感じた安野は「よし！」と頷く。

「では始めましょう！　ご飯ですが、これが炊飯器です！　ご飯を炊けますが時間指定も出来ます！」

「おお、凄いのう！　ところでこの透明な部分はなんじゃ⁉」

「液晶画面です！　まずコンセントを刺して電源ボタンを押します！」

「おお、何かついたぞ！」

「この中に釜が入ってますので取り出します！」

「はい、質問じゃ！」

「なんでしょう！」

「確かご飯は炊いたら保温用のやつに入れ替えるのでは？」

「んんんん……！　ちょっとそれ私分かんないですけど、これは炊けたら保温機能もついてるんです！」

「なんたる……技術の進歩とは……！」

「そしてお米を……あ、お米とかはすでに用意してあるそうです。えーと、此処ですね」

棚の中にある米の袋を開け、安野はお櫃《ひつ》に移していく。そこから出すのは二合。ジャカジャカと水で研ぐと、セットして二時間後に炊けるようにする。

「はい、これで二時間後に炊けます！」

「おおー、流石じゃのう！　頼もしいのじゃ」

「では次はお風呂です！　基本的にスイッチ一つですけど、この際一通りお教えします！」

そんなこんなで基本的な家電の使い方を教わったイナリだが……イナリの知っているものとは大分違うということは、よく理解できたのだった。

◇◆◇

結局、ダンジョンに関しては安野の翌日の同行が決まった。まあ、ダンジョンの予約も全部やってくれるというのでいいのかもしれない。さておき、お風呂もそろそろ沸く頃だ。

「オフロガワキマシタ」

「む、風呂が沸いたのう」

お風呂の使い方も教わったので、今のイナリは最新の文明機器も使えるスーパーイナリだ。シャワーだって使える。耳をペタンとして水が入らないようにするが、なんともくすぐったい。

「ふふふ。指先一つで風呂が沸くとは、良い時代になったものじゃ。風呂自体もなんか綺麗で大きいし、こういう時代の変化は歓迎じゃのう」

イナリ自身、ちゃんとした風呂に入ったことはない。必要なかったというのもあるが、人の居た時代はイナリが使うわけにもいかず、人の居ない時代は残された風呂釜にイナリが自分の神通力で

水を溜め湯を沸かすしか方法はない。ないが……そこまでして風呂に入る意味も見いだせなかった。

しかしこうして「イナリのもの」として定義されれば話は違う。何の遠慮もなく、そして心の底から風呂を楽しめるのだ。

「ああ、気分がいいのう……お、そういえば入浴剤とやらもあるんじゃったな。家で地方の名湯を楽しめるとは、今の世は何処まで進歩しておるのか……む？　なんじゃこれ……赤……湯が赤く⁉　なんじゃこれ、血の池地獄をいめえじして作った……？　何処向けの品じゃコレ⁉」

ダンジョンが日常になってから出来た非日常系の新製品がイナリの家に置かれていたのは要らない心遣いの一つだが……まあ、なんだかんだ香りは薔薇系で素晴らしいのがクレームの入らない範囲を見極めているのだろうか？

「こっちの緑がすらいむの池で、青いのがるるいえの海、紫が魔女の釜……？　誰が買うんじゃこれ……」

ちなみに結構人気商品ではあるらしい。そういうのを面白がる人は結構多いということなのだろうか？　さておいて。

足をのばせる広い湯船につかって……途中危なかったが最終的に気分よく出てきたところで、炊飯器からご飯が炊けたことを知らせる音が聞こえてくる。

「さてさて、米を食うのは何時振りかのー。別にわしは飯食わんでも死なんけど……いや待て。そもそもわし、米食うのも炊き立て食うのも初めてじゃの……？」

お供えされていたことはあるが、あれは別にイナリが食べていたわけでもない。ホカホカと炊けている二合飯を見ながら、イナリは「うーん」と唸って。その少し後には、食卓に今夜のメニューが並ぶ。

たっぷりのどんぶり飯に、おかずは塩にぎり。綺麗に三角に握って海苔を巻いたおにぎりは美味しそうだ。米しか並んでいないが。

「いやあ、美味そうじゃ！　まずは白飯をかき込んで……うーむ、美味い！　最高じゃー！　炊き立てとは斯様に、斯様にも……！」

涙ぐみながら、おにぎりをハムッと齧《かじ》る。口の中に広がるしっかりと効いた塩味はイナリに米の喜びを教えてくれる。ほんのり甘い米としょっぱい塩。何故か不思議とこれが合うのだ。そこに海苔の食感を加えることで、もはや完全食に進化したと言ってもいい。栄養バランスとかの話はとりあえず置いておこう。

「……美味い。温かい白飯と塩、そして海苔の調和がわしに幸せを運んでくる……おお瓊瓊杵尊《ニニギノミコト》よ、貴方のおかげでわしは今、米の喜びを知っておる……まあ、会ったことないんじゃけど！」

自然とテンションも上がりながら、イナリは米をぺろりと平らげる。正直に言って栄養バランスはとんでもなく悪いが、イナリの場合は人ではないので食べたものは全部体内でエネルギーに変換されるので問題はない。ちなみに瓊瓊杵尊とは稲作をこの地上にもたらしたとされる神様だ。本人の言う通り、イナリは別に会ったことはないし存在を確信したこともない。知識として知っているだけだ。さておいて、感謝したくなるくらいお米の味がイナリの好きなものだった……ということである。

食器を洗って、歯を磨いて……まあ歯を磨く必要もやっぱりなかったりするのだが、そこはそれ。現代に溶け込む為の習慣作りであったりする。

あとはもう寝るだけだが、イナリが巫女服をポンッと叩くと服は狐の模様がプリントされたパジャマに変化する。

そう、この服も普通の服などではない。イナリの意のままに変化する神器の類であり、しかし今まで特にその機能を利用する意味もなかったものではある。別に巫女服のままでシワになるわけでもなく、この変化もただのイナリの気分だ。もっと言えば、特に意味のないこと。それでも、そういう利害だのなんだの……そういう実利的なものを超えたところに意味はあった。

「ふふ、ふかふかで綺麗なベッドに寝巻で寝る、か……わしにそんな日がくるとは思わなかったのう」

あのまま、あの朽ちていく廃村と共にいつか消えゆくものと思っていた。しかしそれが、蓋を開けてみれば自分の家で風呂に入って飯を食べ、今まさに寝巻を着て寝ようとしている。

あの頃の自分に「そうなるのじゃよ」と言ったところで、夢物語だと信じはしないだろう。けれどこれは、現実だ。ベッドによじのぼって、布団を被って目を閉じて。イナリは静かに、夢の世界へと旅立っていった。

◇◆◇

翌日の朝。イナリがインターホンに応対してドアを開けると、そこには完全装備の安野が立っていた。金属の兜に鎧、金属を貼り付けたブーツに短槍と、大きな盾まで背負っている。

「……覚醒者じゃってのは昨日聞いたが、その物々しい恰好を見ていると本当だったんじゃなあって思うのう……」

「え、ひょっとして疑われてました？」

「ん、まあ。そんなに強くなさそうじゃったし……？」

昨日会った宅井や丸山、そして青山の方が強いだろう。まあ、マッチングサービスの連中よりは強そうだが。それを加味しても、そんなに強そうではないという評価になってしまう。

恰好からすると、昨日言っていたタンクのようだが……安野は覚醒者カードを自慢げに見せてくる。

「何を仰いますか。覚醒者協会は上から下まで全員覚醒者なんです！　覚醒者のことを分かっているのは覚醒者だけですから！」

（闇を感じるのう……）

まあ、その辺も色々あったのだろうとイナリは察して何も言わないことにする。とにかく安野は覚醒者であるらしく、薄い青色のカードであった。たぶん初心者ではないという意味なのだろう。

名前：安野果歩
レベル：31
ジョブ：ソルジャー

覚醒者協会日本本部

「む、何やら銀色の線が入っておるのう？」

そう、安野のカードには名前の上に銀色の太い線が入っていた。何か特別な意味があるのかとイナリが聞けば、安野はえっへんと胸を張る。

「これはですね、遠目に見ても覚醒者協会の人間ですよって示すためのものです！」

「ふーむ……」

何故そんなものが必要になるのか？　遠目でそんなものを判断する必要性を考えて、イナリは「ああ」と頷く。

「そうか、結構治安悪いんじゃな？　そういうのがないと矢でも射かけられるような場面があるんじゃろ」

「ち、違います！　いえ、まあ……そういう犯罪を防ぐためにもですね？　こういった示威行為は重要でして」

「やっぱり仲間は要らんのう。背後を気にするのは疲れるのじゃ」

「とにかく行きましょう！　ね！　ほら、準備をお願いします！」

「準備も何も。この身一つで充分じゃが」

武器は狐月があるし、防具はこの巫女服があればいい。だからイナリはそう言うのだが、安野からしてみればそうではないらしい。

「え？　でも杖とか、せめて鎧とか」

「いらんいらん。欲しけりゃ自前でどうにでもなるでの」

「はあ、ではまあ……どうぞ、お乗りください」

昨日散々怒られたのか、妙なおせっかいは焼いてこないが……やはり気にはなるようだ。

ともかく、乗れと言われたからには乗るべきなのだろうが、安野が指し示したのはドアの開いた大型のボックスカーだった。随分とゴツいが、いわゆる装甲車というものなのだろう。

車内に入れば、内装は装備を着けたままでも問題ないようにかなり配慮されたものになっている。

「ドロップ品を加工して作った頑丈な内装になっているんです。覚醒者がトゲトゲな装備を着けて乗っても傷一つつきません！」

「ふうむ。確かに力を感じる……今の時代はこういうものが多いんじゃのぅ」

「はい！」

事実、覚醒者用の車は非覚醒者でも欲しがる高級車だ。頑丈な装甲に丈夫な内装、多少の環境変化にも耐えうる能力を備えたものもある。動くシェルターとはよく言ったもので、タイヤですら旧時代の地雷程度なら防げる……グレードのものもある。その辺りは財布と応相談だ。

勿論覚醒者協会の車が最高グレードであるのは当然であり、今イナリが乗っているのもそうであった。

「ほー、儲《もう》かっとるんじゃのう」

「確かに覚醒者協会そのもので言えば、日本でも最大のお金が集まる場所です。ただそれはこうしたサポート用装備や各種の支援などに使われているんです」

「うむうむ、左様か」

イナリとしてはその辺の事情にはあまり興味はない。浮世を上手く泳ぐのも才能で、その上手く泳いだ覚醒者協会は、どうにもイナリを気にかけている。その事実が分かれば、あとは好きにやってくれて構わないのだ。

「それで？　今から行くだんじょんはどのような場所なのかの？」

「あ、はい。これから行くのは通称『ウルフダンジョン』でして、その名の通り狼型モンスターが現れます。初心者を脱した程度の覚醒者にオススメしているダンジョンですね」

「ふーむ、狼のう……」

「ゴブリンに慣れていると文字通りに足をすくわれる相手です。大抵の覚醒者は此処でパーティーの重要さを学ぶんです」

なるほど、狙いは見えたとイナリは思う。なんだかんだとイナリに「パーティーはいいぞ」と思わせたいのだろう。安野がカッコよく助けて「ほらタンクがこういうときに必要なんですよ」と言うつもりなのかもしれない。

しかしまあ……そう簡単にはいかない。何故なら此処に居るのは、イナリだからだ。

（まあ、百聞は一見に如かずというしの。しっかり見てもらうとするかのう？）

東京第三ダンジョン。通称ウルフダンジョン。今となってはたいしたことのないダンジョンだが、発生当時は大きな犠牲を払ったダンジョンだった。丁度日本政府が覚醒者にそっぽを向かれた頃に発生したダンジョンであり、色々と血生臭い歴史を持つ場所でもあった。

まあ、それも今は過去の話。ダンジョンを中心として復興し、それなりに人も戻ってきているのだという。実際、ゲート付近には大きな広場や駐車場が整備され、そこには装甲車の姿も見えた。

それだけではない。一般人が入り込まないようにフェンスや壁、ゲートや検問所のようなものも設置され、実に物々しい雰囲気だ。

「ほ、本部の……⁉　おつかれさまです！」

「はい、おつかれさまです。今日は此方の方の引率です」

「お気をつけて！」

ゲートの入り口の検問所に立っていた人員が全員立って頭を下げているところを見るに、日本本部の地位は相当高いものと思われる、のだが。

「同じ東京じゃよな……？」

「日本本部と東京支部は違うんですよ。ちなみにお給料も違います」

すっごい違います、と強調する安野にイナリは「う、うむ」と頷く。お給料は大切だから仕方ない。

「そもそも本部の仕事は各支部の統括なので、まあ色々と業務内容も違うんですが……お高くとまってると思われるのも良くないということで、通常の支部と同様の業務も一部行っているんですね」

「ぶっちゃけるのう……」

「狐神さんには正確に現状を伝えて良いと指示を受けてましして。伝えても、それでどうこうということはないはずだ……だそうです」

「あー、それは秘書室長の」

「はい。あの人怖いんです」

怖いかはさておいて、なるほどあの短い会話で自分のことをよく理解したものだとイナリは思う。

（まあ、確かに浮世の事情にどうのこうのと口を出すつもりはないが……）

イナリ自身に危害が及ばない限りは、関わるつもりもない。人の世の不平等がどうのこうのなどといった話は、あまりにも手に余る。

さておき、周囲には他の覚醒者も結構な数がいる。順番待ちもいるのだろうし、明らかにそうではないのもいる。休憩所などもある場所だし、スカウトだったり溜まり場にしていたり……そういうのもあるのだろう。イナリがふと視線を向けた先では、名刺を渡している者の姿もある。

「此処、難易度的に即戦力になりそうなのが集まりますからね。スカウトも結構来るみたいなんですよ」

「なるほどのう」

第二ダンジョンと比べて立派なのも、その辺りが関係しているのかもしれないが……そんなことを言いながらダンジョンゲート前に辿り着けば、そこにも警備が立っていて安野に敬礼する。

「ま、その辺りはさておいて。行くとするかのう」

「ええ、行きましょう！」

頷きあいダンジョンに入ると、イナリは驚愕を通り越して呆れてしまう。

「これは……なんともまあ」

そう、そこは草原だったのだ。空には雲が流れ太陽が輝き、地面では草が揺れている。時折生えている木も、草の香りもリアルで。背後にゲートがなければ、此処が何処だったか現実の認識がズレてしまいそうですらある。

「此処がウルフダンジョンです。見渡す限りの大草原、クリア条件はボスである『グレイウルフ』の討伐です。それが為されない限りは……永遠にウルフが湧きます。しかも時間経過ごとに数も増えます」

「なるほどのう」

「つまりポイントとしては如何に魔法ディーラーを守るかというですね」

「ではまあ、こうしようかの」

イナリが指先から狐火を放てば、早速接近してきていたウルフが吹っ飛び魔石を残して消える。

―レベルアップ！　レベル２になりました！―

「お、レベルが上がったのう。前回上がらんかったから心配しとったんじゃが」

「や、やりますね！　でもウルフは」

「群れるんじゃろ？」

イナリの指に複数の狐火が浮かび、ウルフ三体を次々と吹っ飛ばしていく。

「え、えぇー!?　無詠唱でそんな高速乱射を!?」

「ああ、今回はわしが全部出来るってところを見せるんじゃったか。すると……うむ」

イナリの動きが止まった隙を狙い、ウルフの一体が飛び掛かってきて……しかし、イナリの展開した光の壁に弾かれる。

「ギャン⁉」

「け、結界⁉　そんな……最低でも中級下位ですよ⁉」

「征《い》くぞ、狐月。わしとお主の、これが正式な初陣じゃ」

その刀が軌跡を描くたび、ウルフが真っ二つになり消えていく。ただあの狐月とかいう刀が凄いだけではないと、安野は気付いていた。

あの踊るような不可思議な刀法、アレが強さの秘訣《ひけつ》の一つなのだろう。そしてそこに、あの規格外の力を込めた聖刀があれば……ウルフなど敵ではない。

何よりも先程の火魔法と合わせ、結界に今の刀術。ヒーラーとしての力こそ見ていないが、たぶん出来るんだろうなという信頼すら湧いてくる。安野の前にあるのは、それほどまでに圧倒的な光景だった。

「ハハハ、面白いのう！　れべるがどんどん上がっていくぞ！」

まさに敵などいない。まるでイナリの為に用意された舞の舞台であるかのようなこの場所で、何かが飛ぶように走ってきて腕を振るう。

その一撃は飛びのいたイナリには当たらなかったが……そこにいた狼男といった風体の何かにイナリは驚いたような声をあげる。

「おお？　なんじゃあ？」

「え⁉　ワーウルフ⁉　こんなところに出ないはずじゃ……ま、まさかユニークモンスター⁉」

「ゆにーく？」

「気を付けてください！　そいつはウルフとは比べ物にならないです！」

「ほー……そいつは気を引き締めてかからねばのう？」

ワーウルフ。文字通りの狼男だが、お伽噺《ときばなし》のそれのように人から狼に変わったりするようなものではない。人間のような身体を持つ狼型モンスターであり、人間の器用さと狼の如き身体能力を兼ね備えた強敵だ。鉄の防具にも爪痕が残るほどの攻撃力を持つ爪は、初期の覚醒者を多く葬ったという。

「私が前に出ます！」

「要らぬ」

「え？」

「要らぬ。前に出られてはこちらの打てる手が減るでの」

言いながら、イナリはワーウルフと対峙する。互いに隙を窺うかのような動きに、安野は「おかしい」と気付く。

「警戒している……？　ワーウルフが？」

（いくら狐神さんが強くても、ワーウルフよりは動きが遅い。なのに襲ってこないってことは……もしかして、真正面からじゃ勝てないと思ってる？）

それはあまりにも非現実的な考えだった。いくらここまで無双してきたイナリでも、ワーウルフはレベルが違う。そんなワーウルフが、イナリを恐れている？　それとも聖刀を恐れているのか？

安野には分からなかった。

「フン、意外に敏《さと》いのう。正面から来るなら真っ二つにしてやろうと思うたが」

「イナリさん、冗談言ってる場合じゃありませんよ！　ワーウルフ相手に時間を与えちゃいけません！」

「何故じゃ？」

「アオオオオオオオオオオオオオオオオオオオ！」

「ぎゃー、間に合わなかった！」

ワーウルフが叫ぶと同時に、その周囲に数体のウルフが現れる。どれも通常のウルフより多少大きく、毛皮の色も異なっている。便宜上「取り巻きウルフ」と呼ばれており、何度でも喚び出されるワーウルフの召喚モンスターだ。そしてこれらは……ワーウルフを勝たせるために、その命を惜しまない。

「ガルルル！」

「ガウウウ！」

「ガアアア！」

一斉に襲ってくる取り巻きウルフたちを前に、イナリは刀身に指を這わせ滑らせる。

イナリの指の動きに合わせ火を纏っていく狐月はボウと燃え上がって。

「秘剣・草薙」

振り抜いた刀の軌跡に合わせ地面が草原の草ごと燃え上がり広がっていく。

「ギャン⁉」

空を飛べない以上、取り巻きウルフたちは襲い来る火に焼かれ消滅していく。それほどの凄まじい火力は扇状に広がっていくが、その上をワーウルフがジャンプして越えようとしてくる。

咆哮《ほうこう》と共に襲い来るワーウルフの爪を切り裂いて、その身体をもまとめて真っ二つ。断末魔もなく消えていったワーウルフの居た場所には、ベルトのようなものがどさりと落ちる。

狼のマークのバックルのついたベルトに安野は「狼のベルト……」と呟く。着ければ攻撃力が僅かに上がると言われる、レアアイテムである。ワーウルフの珍しさもあって、最低価格で五十万はするような代物だ。

なんだかもう、驚きすぎてぼーっとしていた安野は刀を鞘に仕舞う音にハッとする。

「さてと、ゆにーくもんすたあは倒したが、これでは終わらんのじゃろ？」

「え⁉　はい！　今のはボスじゃないのでクリア条件にはなりません。あ、でもほら！　レアアイテムは出ましたよ！　よかったですね！」

「そんな柄の帯はいらんのう……」

「ええ⁉　これ初心者どころか中級者でも欲しがるようなものですよ⁉」

「わしはいらんのう。安野が巻けばええんじゃないかの？」

「ダ、ダメです！　職務規定違反です！　いらないなら後でオークションに出しましょう！」

「好きにしておくれ」

何が悲しくて狼の柄のものを着けなければならないのか。イナリとしては絶対に嫌であった。

ともかく、イナリとしては好きにしてくれて構わないのだが……魔石を拾っていた安野を見て「おお」と手を叩く。

「そういえば、そういうのを回収するのも仕事じゃったの」

「はい。ですけどまあ、今回は私が回収します。なんかもう、狐神さんが凄すぎて私、要らない子ですし……」

「そう卑下するもんではないのじゃ。此処の予約をやってくれたのは安野じゃろう？」

「え、ええまあ。ですがそれは」

「それに昨日は安野のおかげで上手い飯も炊けたしのう。感謝しとるよ」

私の価値……と呟いて落ち込んでしまった安野だが、イナリとしては本気で感謝してたので「ど、どうかしたかのう？」と心配になってしまったが……さておいて。

ワーウルフをも倒してしまうイナリにとって、ボスであるグレイウルフなど何の問題もない。

「お、いたのう」

「え？　結構遠くですけど……凄いですね」

「目は良いのでのう。さて……狐月、弓じゃ」

イナリの手の中で刀だった狐月が輝きと共に弓へと変化し、安野が「ひゅっ」と息を呑む。

「え？　その弓、さっきまで……」

「狙いは……よし。それっ！」

弓を引くイナリの手の中に現れた光の矢が一条の閃光となり、グレイウルフを一瞬で消滅させる。

それはダンジョンゲートを消滅させた一撃に比べればずっと弱いものだが、安野にとってみれば精神的な衝撃が凄まじい。

「魔弓？　え、でもさっきは刀で聖剣で。ええ？　確か狐神さんのスキルは……え？　召喚って……可変武器の召喚？　それも聖剣に魔弓？　ええええええ？」

混乱した安野がウネウネと変な動きをしているのを余所に、イナリは出てきたメッセージを見ていた。

――【ボス】グレイウルフ討伐完了！――

――ダンジョンクリア完了！――

――報酬ボックスを手に入れました！――

――ダンジョンリセットの為、生存者を全員排出します――

「うむ、この表示はごぶりんの時にも見たのう」

どうにも固定ダンジョンという場所は「そういうもの」であるらしく、イナリもマッチングのときのダンジョンと合わせ二回目ともなれば驚きもない。

――転送開始――

そんなメッセージと共に、イナリと安野はダンジョンの外へと転移していった。

◇◆◇

イナリと安野がダンジョンの外に転移すると、そこはダンジョンの前だった。二人の周囲には誰もいないが、それはどうやら職員による誘導の結果のようだった。ロープやカラーコーンでわざわざ人が入らないように囲っているところを見るに、どうにも転移する前兆はあったのだろう。

その周りではザワザワと他の覚醒者が騒いでおり、イナリはそれを見て現状を悟った。

「ああ、なるほどのう……転移する場所が決まっとるんじゃったな」

ゴブリンのときにはそういうのをあまり気にしていなかったが、どうにもダンジョンをクリアして転移する際の座標はランダムではなく決まっているのだろう。だから、こんなに手慣れているのだと。イナリはそう気付く。

そして実際それは当たっていた。ダンジョンクリア後の転移事故は初期に結構な確率で発生したことであり、ダンジョンクリア後に転移魔法陣が現れることから「魔法陣が現れたら即座に周囲の人を退避させ、ダンジョン前における人員整理を徹底する」といったような管理方法が周知されるに至ったのだ。

そう、そこまではイナリは推測できた。しかし人々がざわめく理由までは気にしていなかった。

「え……？　もうクリアしたのか？」

「そんなに時間たってないよな？」

「あっちの冴えない感じのは職員だよな。狐耳の子は誰なんだ？」

「かわいい……」

「明らかに職員はタンクだ。となると狐耳のほうはディーラーか？」

「この時間でクリアとなると、相当の火力ですね」

気にしていなかった……が、聞こえてくる声は自然とイナリの耳に入ってしまう。褒めてくれているのは分かるのだが、どうにも嫌な雰囲気だ。なんというか……視線が妙にギラつき始めている気がするのだ。

（あー……嫌な予感がするのう）

そういえばスカウトもいるんだったか、とイナリは思い出す。

今は職員がロープを張って隔離されているので近づいてこないが、他の職員とダンジョンクリアの報告をしているらしい安野をイナリはチラリと見る。たぶんだが、此処は彼女のサポート力にかかっている。

「あ、狐神さん！　此方へ！　ダンジョンクリア後の説明をしますので！」

「うむうむ。何かあるのかの？」

駆け寄っていくと、そこには机に並べられた魔石や狼のベルトなどがあった。

「それと報酬ボックスが手に入ったはずですが」

「ん？　そういえば、そんな表示があったのう」

「それは何処に？」

「はて、そういえば……おお？」

―称えられるべき業績が達成されました！　【業績：ウルフの高速殲滅《せんめつ》者】―

―報酬ボックスを回収し再計算中です―

―報酬ボックスを手に入れました！―

「お、おお⁉　なんじゃあ⁉　視界がうるさいのじゃ！」

メッセージがイナリの前で忙しく展開され、それが消えた時……狼の模様がプリントされた紙で包装された手のひらサイズの箱が出現する。それを見て再びざわめきが起こり、それは職員や安野の声も含まれていた。

「な、なんですかそのボックスは⁉」

「狼の模様？　ということは……間違いなくこのダンジョン固有の特殊報酬ボックスですよ！」

「よう分からんが……凄いものってことじゃな」

その通りである。通常報酬ボックスとはダンジョンクリア時に手に入り「白」「銅」「銀」「金」の順に中身の豪華さが上がっていくものだ。

時折業績を達成した者が特殊なボックスを手に入れるが……少なくともこのダンジョンでは、今までそんなものが出たことはなかった。つまりイナリが初である。

「ほー……それはまた……」

「ちょ、ちょっと待ってください！　写真撮りますので！」

職員がスマホで写真を撮り始めるのを……というかスマホを「なんじゃその小さいの……」とイナリが妖怪を見るような目で見ていたが、最新固定電話を覚えたばっかりのイナリにスマホはまだ未知のなんか小さい板であった。さておいて。

「はい、大丈夫です！　ではどうぞ開けてください！」

「うむ」

イナリが適当に包装を破りながら開けていくと、箱の中から何かが光りながらゆっくりと浮かび上がってくる。それはどうやら剣のようで……柄の部分に狼を思わせる意匠のされた長剣であった。

「なんじゃこれは。西洋剣かのう？」

「狼の長剣……⁉　そんな、このダンジョンで出たなんて報告は今まで……！」

「有名な剣なのかのう？」

「勿論です！　衝撃波を放つ専用スキル【ウルフファング】を秘めた、希少な剣です。最低価格でも三百万は超えますよ」

切れ味そのものでいえば、狼の長剣はそれなり程度でしかない。しかし専用スキルを秘めたアイテムはそれだけで貴重だ。同じシリーズの武具を集めれば更に特殊な効果を発揮するものも多く、イナリの手に入れた狼の長剣もベルトもコレクターが多い品だ。

「勿論、ご自身で使用なさるのも良いと思います。実際良い品ですよこれらは……！」

駆け出し剣士であっても狼の長剣とベルトがあればそれなり以上に戦える。この二つが同時に出るというのは、それだけの凄いことなのだ、が。

「別に要らんのう……わし、刃物はもう自分の持っとるし。帯も要らん……」

「え、ええ……？」

「売れるというなら売りたいんじゃが。必要な者がおるんじゃろ？」

「え、いえ。しかし……」

「いいんです。狐神さんは確かにコレ、要らないと思います」

何かを悟ったような目をする安野に職員は「え、ええ。それならまあ……ではオークションの手続きを進めておきます」と答えるが納得はしていない顔で。しかし安野からしてみれば「確かにあの刀持ってればこんな剣要らないよね。でもむやみやたらに口外できませんよねえ……」と、そんな感じであったのだ。

ちなみにオークションとは覚醒者協会主催のネットオークションであり、毎日巨額の金が動く場所であるらしい。覚醒者であればカード作成時に口座も自動で作成されるので、非常に簡単だ。まあ、イナリにとって簡単かは別の話だが。

「ところで、この後はもう帰るんじゃろ?」

「うっ……そうですね。狐神さんには求められたサポートをするのが一番良さそうです」

「うむうむ。分かってもらえて嬉しいのじゃ」

仲間がどうこうというのは、少なくとも今のイナリには必要ない。イナリの今後の目的を思えば、仲間を育てるよりもイナリが強くなったほうが速いからだ。とはいえ、それは現時点での判断だ。今後どうなるかは分からないが……。

(こうして二度体験して分かるが……どうにもタチの悪い遊戯に見えてならぬ。それとも、そう見せている……? その辺りの判断も早めにつけられると良いのじゃが)

人に力を与え、化け物を倒してサクッと強くなる。いいことにも思えるが……その理由がやはり分からない。ベルトや剣といった報酬もそうだ。一体どういう理屈でそれが発生しているのか?

「天叢雲剣《アマノムラクモノツルギ》の話を再現したわけでもあるまいに。どうにものう……」

「え？　アマノムラクモがどうかしたんですか？」

「ぬ？」

「あるとは言われてますけど、まだ発見報告はないんですよねえ。マサムネは今のところ一本見つかってるんですが」

「うむ、そうかえ……」

「武本武士団っていうクランに今はあるって聞いてますけども。超有名なとこです」

そうポンポン見つかる品であってたまるかとイナリは思うのだが、別にそんなことを言いはしない。しかし、どうにも実在の名刀と同じ名前の武器がダンジョンでドロップするのは確かであるようだった。

（おお、嫌じゃのう。八岐大蛇《ヤマタノオロチ》の全部の尾から天叢雲剣が出てくるのを想像してしもうたわ）

そんなことになれば流石の須佐之男命《スサノオノミコト》も腰を抜かしたかもしれない。さておいて。

「ところで、狐神さん……」

「む？」

「なんかさっきから凄い写真撮られてますけど。いいんですか？」

「あー……あれ、やはりかめらなんじゃのう」

「スマホなんですけど。まあ、カメラですけど」

何か機械を向けられているのはイナリも気付いてはいたが、特に害もなさそうだったので放っておいたのだ。どうにもこの外見が好まれやすいことも、覚醒者協会日本本部でよく知っていることもあった。

「まあ、害がないならええじゃろ」

「そうですかねえ……」

(面倒なことになる気がするけどなあ。課長に相談しとこうかな)

安野の見たところ、アレはたぶん所属のクランに報告している。有望な新人アリ……まあ、こんなところだろう。ＳＮＳに上げているものもいるかもしれないが。

今のところは安野たち職員といるので近づいてくるのは余程のアホだけだ。そういう意味では、さっさとイナリを自宅に送り返すべきで。

「よう、ガキ。結構強いみたいじゃねえか。どうだ、うちのクランに入らないか?」

「いやちょっと。何処のクランですか貴方。この人は協会がエスコート中なんですよ」

余程のアホがいた、と喉元まで出そうになりながらも安野はそう警告する。

たまにいるのだ、こういう余程のアホが。まさか今のタイミングで本当に出てくるとは思わなかったが。そして大抵の場合、こういうのには話が通じない。

「はあ?　協会は引っ込んでろよ。勧誘すんのは自由だろ」

「貴方ね……ダメに決まってるでしょう」

「あー、よいよい」

話をそこまで黙って聞いていたイナリが、二人の間に入りぐいっと押しのける。

安野は今更驚きはしないが、アホの方は「俺を動かした?」と驚いていた。

「そこの。用向きは勧誘じゃったか？」

「おう、話が早えな。俺たち『黒い刃』は」

「断る」

「ん？」

「そもそも先程から礼儀がなっとらん。悪ガキでもあるまいに、言葉遣いには気を付けい」

帰れ、と獣を追い払うように振るイナリの手をアホは思い切り掴む。先程自分が動かされた理由は分からないが、どう見ても魔法系のディーラー。物理系ディーラーの自分が少しばかり脅かしてやれば一発だと。そんな妄想は、手を簡単に振り払われたことで消える。

「……へ？」

「女子の手を勝手に掴むでないわ、痴《し》れ者が」

しっかり掴んだはずなのに、何故。混乱しながらも「お前……！」と再度手を伸ばして。その身体が今度は大きく宙を舞う。何が起こったかも分からないままに……自分が投げられたのだと知らないままにアホは地面に叩きつけられて意識を失う。

「い、今のってまさか合気道……ですか？」

「んー？　昔の住人にそういう達人が居てのう？　見取り稽古しかしとらんかったが、中々堂に入っておったろう？」

―未登録の技を検知しました！―

―ワールドシステムに統合します―

―スキル【狐神流合気術】を生成しました！―

「いや、別にわしの技では……まあ、言っても無駄なんじゃろうがのう」

「何がですか？」

「いやあ、うん。まあ……なんでもないのじゃ」

弟子入りしたわけでもないしそういうこともあるか……などとイナリは軽く考えていたが。

スキルを新しく覚えるならともかく新しく「生成」されるなどということが、どれだけとんでもないことかは……まだ、気付いてはいない。気付くかどうかも、今のところは不明である。

その後、アホを職員が拘束して何処かに運んでいき、その後どうなるのかはイナリは全く興味がなかったのだが。

「先程の暴漢ですが、新覚醒者基本法に基づき処罰が行われます。安心してくださいね」

帰りの車の中でそう言う安野にイナリは「はあ」と適当に頷く。

「まあ、どうでもいいんじゃが。それよりその基本法とかいうのは」

「改正、ですね。天下の悪法であった覚醒者基本法を『かつてこんなバカなことしたんですよ』という事実を忘れない為に最初に『新』ってついたんですね」

「悪法、のう」

「ほんっと酷い法律だったんですよ」

日本はかつて覚醒者を強力に法で縛った国であったが、それで滅びかけた後に「覚醒者規制」から「覚醒者優遇」に視点をおいた法律に……まあ、中身を総とっかえしたわけである。ちなみに似たような事例は様々な国で存在して、滅びなかった国は大体似たような感じになっている。更に言えば、実はこの「新覚醒者基本法」、国家が制定したものではなく覚醒者協会の制定した覚醒者用のものであったりする。

「法を、協会が……？　独立でもしとるんか？」

「覚醒者の諸々には国家は関与せず。ただ全く関わらないというのも同じ場所に住んでる以上は無理なので、いわゆる自治的な感じですね」

「あー……うむ」

要はイナリの知っている日本とは全てが違う。まあ、そういうことなのだろうとイナリは再度認識する。その辺についてはひとまず置いといても問題は無さそうだ。大事なのは「覚醒者は優遇されている」という事実だ。

「今じゃ憧れの職業ナンバーワンは『覚醒者』ですからね！　職業かって言われるとまた疑問はあるんですけど、それよりも……」

「うむうむ」

適当に聞き流しながら、イナリは大事なところだけを頭に入れていく。

つまるところ、覚醒者というだけでデカい面をする連中が結構いるので、覚醒者協会はそれをどうにか統率するための強い権限を持っている……ということらしい。

「強い覚醒者は、それだけで誰もが欲しがります。狐神さんにもこれから様々な誘惑が提示されるはずです」

「誘惑というと」

「お金ですとか、貴重なアーティファクトですとか、地位ですとか。あとはイケメンとか……」

「どれも興味ないのう」

あえて言うならお金は現代社会を生きる上で必要だが、たくさんあったところで使い道に困るものでしかない。イナリの目的には、今のところお金というものはあまり重要度が高くないのだ。

「出来ればですけど、狐神さんには是非覚醒者協会日本本部に所属してほしいんですが」

「そういう話はいずれのう」

「いずれならしてくれるんですか!?」

「その手の言質を取ろうとする奴はわし、嫌いじゃのう……」

「うっ、申し訳ありません」

言いながら安野は「ですが」と続けてくる。中々にメンタルが強い。

「さっきの暴漢も言ってましたけど、覚醒者組織には覚醒者協会だけではなく『クラン』も存在します。日本だと『富士』『天道』『ブレイカーズ』などの十大クランが有名ですけど、他にも大小様々なクランが毎日しのぎを削っているんです。覚醒者協会は公的組織なのであれですけども、今の世界は巨大クランが実質経済を握っているんです。彼等は狐神さんを放っておかないはずです」

「面倒じゃのう」

ダンジョンを中心とした経済が成立している以上、覚醒者を多く抱える組織……つまりクランが大きな力を持つのは当然の流れであったのだろう。

当然大きなクランはその力を手放したくないし、中小のクランはそれを覆すチャンスを狙っている。イナリのことが広まれば、熱烈な勧誘合戦になるのは必至であった。

（とはいえ……大きな力を持つ組織の後援を受けるのは悪いことばかりではないがの）

生きる上で面倒な諸々を丸投げできるのであれば、イナリは今の世界の謎の究明に集中できるということではある。まあ、そんな美味い話があるはずもないが。やはり当面は一人でやっていったほうがいいだろう、とイナリは頷いて。

「……というわけで、狐神さんもスマホを持った方がいいと思うんですよ」

「む？　すまん。聞いとらんかった」

「スマホです、スマホ」

安野がスマホを取り出すのを見て、イナリは「あー」と頷く。

「うむ。電話にもかめらにもなる機械じゃったな」

「えーとまあ、その認識でいいです。持ちましょう、スマホ。便利ですから」

「うーむ……」

「スマホがあれば私のサポートも捗《はかど》りますし！」

『念話じゃダメかのう？』

「えっ、何これ頭の中に直接声が⁉」

結局「なんかダメ」と言われたのでイナリは後日スマホを買いに行くことにしたのだが……やる気はあんまり、ない。さておいて家まで送ってもらうと、安野はイナリに頭を下げる。

「今日はありがとうございました。色々言いましたが、覚醒者協会に所属してほしいというのは本気です。是非ご検討ください」

「あまり期待はせんでほしいがのう」

「それでも構いません。では今後、何かありましたら私の番号までお気軽にどうぞ！」

そう言って安野は車に乗って去っていくが……まあ、なんとも慌ただしい一日だったとイナリは思う。思うが……。

「色々収穫があったといえばあったのう」

現代における覚醒者の、そして覚醒者協会の立ち位置。そうしたものが明確に見えてきた。

クランだの協会だのに所属すれば、間違いなく権力争いに巻き込まれる。どうにもそういう雰囲気が見え隠れしていた。安野は語らなかったが、イナリが大手クランに所属するのを歓迎していないのは見え見えだったからだ。

「んー……いっそ自分でくらんとやらを作ってみるのもよいが……まあ、追々じゃの」

テレビをつけてみると大手コンビニ「ブラザーマート」が有名らしい覚醒者とコラボした商品のＣＭを流していたが……まあ、イナリにとっては本当にどうでもよかったので記憶には一切残らなかったのだった。

第3章　お狐様、悪漢と対峙する

その日、ブラザーマートの店員はボーッとしていた。

『アニキみたいな頼り甲斐』をキャッチコピーにしており、「皆のアニキ、ブラザーマート」の歌詞がインパクト大なテーマソングでも有名なコンビニチェーンであり、店員はまあ、普通のバイトであった。

基本的に世界が変わってもコンビニは大きく変わらず、覚醒者向けの商品を売るわけでもなくそれなりに「普通」な場所だ。まあ、店内に鎧を着ているような客が増えたのも変化といえば変化だが……今時のバイトはもうそれが普通だから動じない。動じない、のだが。その日店員は僅かばかり動揺した。というのも、ちょっと中々見ないタイプの客が来たからだ。

（えっ、狐耳……と尻尾？　うわ、美少女……絶対覚醒者だろこれ……）

狐耳と尻尾、巫女服とある意味で統一性の凄い美少女が……ちょっと見ないレベルの美少女が入ってきたのだ。立ち読みやら買い物やらをしていた客も振り返るが、どの客も言うことは同じだ。

「すげ、美少女……」

「かわいい……」

「のじゃ、とか言いそう……」

一人変なのが混ざっていたが、さておいて狐巫女は店内を回りながら『うーむ』と唸っていた。

何を探しているのか。是非手伝ってあげたいが、レジを放り出すわけにもいかない。

店員の男がウズウズしていると、どうもそれは自分だけではないことに気付く。

どの客も声をかけたくてタイミングを窺っているようだが、変に声をかけて嫌われたり通報されたりしても困る。あまりにも相手が美少女過ぎると声をかけ難いというのは当然ある。

まあ、そんなピュアを発揮している彼等が見ていた狐巫女だが……まあ、当然のようにイナリである。

先日のダンジョンで稼いだ魔石の売り上げもあるので、ちょっと買い物に来ていたのだ。

そう、今のイナリは買い物だって出来る。そういう意気でやってきたわけだが……どうにもこのコンビニという場所、凄まじい。

「ううむ……何でもあるのう。さながら雑貨店じゃが、此処なら手に入らぬものはない……そう思わせてくれるのじゃ」

「のじゃだー！」

「うおっ、なんじゃあ⁉」

イナリが商品棚から顔をあげると誰もが露骨に此方から視線を逸らしているが……急に叫ぶからちょっとビックリした。たぶんあの中の誰かがあの妙な叫び声をあげたのだろう。

しばらくじーっと見回していたが、わざとらしいくらいに誰もこっちを向かないので、イナリも気にしないことにして商品棚に視線を戻す。

洗剤にゴミ袋、石鹸に歯ブラシ、その他諸々。パンも綺麗に包装されて売っているし、おかずもある。

「おお、おにぎりもあるではないか……一体何種類あるんじゃろうのう」

しゃけにおかか、梅に昆布、シーチキンに肉まで。まるでおにぎりのデパートのようですらある。思わず感動に目をキラキラさせてしまうイナリだが、残念なことに今日の目的はそれではない。

「むむ、いくら……？　鮭の卵か何かじゃったか。旨いのかのう……」

おにぎりから目が離せなくなってしまうが、今日の目的はそれではない。

強い意思でおにぎりの棚から目を離すと、イナリの目はホットスナックのコーナーに向けられる。コンビニ定番のレジ横のホットスナックコーナーだが、イナリにとってみれば「なんだかよく分からんもの」でしかない。

近づいて見てみれば、何やらホカホカとしたものが入っているのが分かる。

「肉まん、あんまん、ぴざまん、市井鉄郎の贅沢からあげ……」

何やら不敵な顔をした男の写真入りのポップと共に「一本二百円」と書かれている。いわゆる覚醒者コラボ商品だが、大手クランのエースである市井鉄郎とのコラボということで売り上げが中々に好調な品だ。勿論、イナリはそんな男は知らないしコラボ商品という概念も知らない。

そんなイナリがこういうのを見てどう思うか……その答えは明白で。

「この男は何をやったらこんな目に遭うのかのう……末路がからあげとは、哀れな……」

「ブフッ」

店員が思わぬ一撃に噴き出してしまう。どんな罪を犯しても末路が唐揚げになったりはしないと思うのだが、確かにそういう風に読めなくもない。ないが……そんなことを真面目な顔で言われては、そういう風にしか見えなくなってしまう。

「あの、それ……コラボ商品でして。材料は普通に鶏肉で。ぶふおっ」

「お、おお！　そうじゃったか！　はー、よかったのじゃ。この男はからあげ職人じゃったか！」

我慢できなくなって、男は後ろを向いて笑い出す。そうすると聞いていた他の客も耐えきれなくなったようで笑いが伝播《でんぱ》していくが……それが収まった後、店員はキリッと真面目な顔を作る。

「いえ、味の監修とかなんですよ。この人は覚醒者なんで……」

「覚醒者の能力を料理に……？」

「いえ、普通にダンジョンとか潜ってらっしゃいますね」

「では何故からあげを……？」

「ちょっとバイトなんで分かんないですね……」

たぶんインタビューで唐揚げが好きとか言ったんだろうな、と店員は思うのだが確かじゃないので言う気にもならない。

「ところでお客様、何かお探しですか？」

「おお、そうなのじゃ！　探しているものがあってのう！」

「はい」

「すまーとほんは、何処に置いてあるのかの？」

そんなイナリの質問に、店員は最大限の営業スマイルを浮かべる。

「当店ではちょっと取り扱っていませんね……」

残念そうな表情のイナリに店員は申し訳ない気持ちになってしまうが、無いものは無いので仕方ない。しかしまあ、イナリはすでに気持ちを切り替えているので問題はない。そう、ブラザーマートを出たイナリは、道をてくてくと歩いていた。

アニキのような頼りがい、困ったときのブラザーマート。

そんな歌でテレビで宣伝していたというのに、まさかスマートフォンがないとは予想外だった。

しかしそうなると何処でスマートフォンを手に入れればいいのか？　安野に聞いてみる手もあるが、いつまでもそうではいけない。イナリも現代社会で生きる以上、一人でやっていく必要があるのだ。

（とはいえ、目的地もなく歩いていてもどうにかなるとも思えんのう……）

スマートフォンは何処で手に入るのか？　イナリの知識を総動員すれば、普通に考えれば町の電気屋だ。しかし……どうにも店が少ないように思えるのは気のせいだろうか？

「むう……びるやまんしょんは多いが、電気屋どころか八百屋も魚屋も肉屋もない。米屋も見当たらんな……一体現代ではどのように買い物を済ませておるのじゃ？」

商店街どころか昔の山奥の村が健在だった頃の……村の中に点々とお店があるような人の営みしか記憶にないイナリである。スーパーとかデパートとかいう概念があるはずもない。テレビでコマーシャルでもやっていれば気付いたかもしれないが、最近はそういうコマーシャルは珍しいものになりつつある。

よって、実にイナリの現代社会での……というか人生初のお買い物であるのにスマートフォンを探すのはちょっとハードルが高い。高いが、一度やると決めた以上はイナリはやるつもりだった。

「むうう……わしの知るものと違い過ぎる。過ぎる、が……」

イナリはあちこちで進んでいる工事を眺める。どうやらマンションを建てるらしいが、まだほとんど出来てもいないというのに「全区画成約御礼」と書いてある。

「うーむ。そういえば此処は東京じゃったか。花の東京、というわけかのう」

まあ、勿論そういうわけではない。東京が素敵だからではなく、東京の防衛力が高いから人が集まっているに過ぎない。覚醒者も非覚醒者も自然と集まる都市、それが今の東京なのだ。

「東京、東京か……おお！　そういえば東京にはでぱーとがあるではないか！　そこならあるに間違いないぞ！」

なおデパートにスマートフォンが置いてあるかどうかは結構分からない部分もある。しかも何処にデパートがあるかはイナリも分かってはいない。

「えーと、そこの君。お買い物かい？」

「む？」

デパートを探さねば、と意気込むイナリにかけられた声に振り返れば、そこには三人組の男女が立っていた。その装備はどうやら覚醒者のようだが、胸元に「覚醒者協会東京支部委託」と書いた札が下がっている。

「あ、ごめんね。俺たちは東京支部から委託を受けた巡回チームなんだ。君が何か探しているように見えたから」

「おー、そうじゃったか。気を遣わせてすまなんだのう」

イナリが思わぬ人の優しさに微笑めば、女の覚醒者が「かわいい……」と呟く。

「いや、いいんだよ。俺たちで役に立てることはあるかい？」

「おお、それは助かる！　実はのう、これからでぱーとに行こうと思ってのう」

「デパート？　君も覚醒者に見えるけど、デパートで何を？」

「うむ。すまーとほんじゃ。でぱーとに行けば大体何でも揃うんじゃろ？」

言われて巡回チームの三人は顔を見合わせて囁き合う。

「……本気で言ってると思う？」

「いや、俺そもそもデパートでスマホ売ってたか記憶にないしなあ」

「無いことは無いと思うけど……いや、でもなあ」

そんなことを言いあうと、リーダーらしき男が軽く咳払いをする。

「まず確認したいんだけど、覚醒者……で合ってるかな？」

「うむ。これがかーどじゃな」

イナリが白いカードを見せれば「初心者かあ」と納得したように頷く。

それなら何も知らなくても仕方がない、と理解したのだ。

「覚醒者用の装備はデパートでは売ってないんだ。特殊な取り扱い免許が必要だからね」

「おお、それでぶらざーまーとにも無かったのじゃな！」

「えっ、あっ、うん」

イナリの天真爛漫《てんしんらんまん》すぎる笑顔に「コンビニでスマホは売ってねーよ」という言葉をリーダーの男はゴクリと飲み込む。この笑顔を曇らせるのは何か犯罪のような気がしてしまったのだ。

「だから、そうだな……秋葉原に行くといいと思う」

「秋葉原とな」

「うん。昔は電気街って呼ばれていたらしいけど、今は覚醒者街って呼ばれていてね。覚醒者用の物をたくさん売ってるんだ。当然、覚醒者専用のスマホもたくさん売ってるよ」

「おお、斯様な場所があるとは！　これは素晴らしいことを聞けた……やはり縁とは素晴らしきものじゃ」

「秋葉原ならバスで行くといいよ。丁度そこのバス停が秋葉原に行くやつだからね」

「うむうむ。重ね重ね感謝する。ありがとうのう」

イナリが頭を下げて走っていくのを見て、リーダーの男はぽつりとつぶやく。

「……あの耳と尻尾、アーティファクトだよな？」

「たぶんな。実は凄いお嬢様なんじゃないか？」

「信じられないくらい可愛かったしねえ。耳触らせてもらえばよかった……」

なるほど、見方によってはイナリは世間知らずなお嬢様に見えるらしい。

巡回チームの面々が声をかけたのも、そういう部分が多大に影響していたが……そのおかげでイナリはどうやら、スマートフォンを買いに行けそうであった。

◇◆◇

バスに揺られてイナリは秋葉原に到着する。モンスター災害で当時、電車による交通網が大幅に寸断され、現在ではバスが復権しているそうなのだが……イナリとしてはバスのほうが馴染みがある。もっとも、そういった通常のバスに乗ったのはこれが生まれて初めてであり、覚醒者は資格証提示で無料というのは驚きであったのだが。

「おお、此処が秋葉原なのじゃな」

そうしてイナリが降り立ったのは、秋葉原である。

電気街として有名だった街はサブカルチャーの街へ、そこからモンスター災害を経て、今は覚醒者の街へと生まれ変わっていた。

そのきっかけは、サブカルチャーを楽しむ余裕がなくなりテナントが空っぽになっていく中で一軒の小さな覚醒者向け用品を作る工房が出来たことだった。

その工房で造られるオーダーメイド鎧の性能が口コミで知られるようになり、たくさんの覚醒者が秋葉原を訪れるようになると、様々な製作系の覚醒者が秋葉原に工房を開くようになる。

そうすると自然と大小様々な工房が秋葉原に移り始め、やがて空いていたテナントは埋まり破壊痕にも新しい工房が出来るようになる。こうして生まれたのが今の秋葉原の街なのだ。

「……なるほどのう」

大型ビジョンの映像で流れている「秋葉原の歴史」を見て頷くイナリだが、続けて街並みを見て納得してしまう。

所狭しと並ぶ覚醒者向けの装備や薬、各種アイテム。大きな工房に小さな工房、なんだか怪しげな店まで勢揃いだ。車は指定されたもの以外は立ち入り禁止のようで、厳重な立ち入り禁止処置まで行われている。今イナリがいる場所などは、丁度秋葉原覚醒者街の入り口であるというわけだ。

「今月は剣、剣の品揃えが豊富です！　どんな敵もズバッと斬る切れ味、今ならお得ですー！」

「量産鎧が今なら即納可能！　選べる価格帯でいつでも安心！」

「いらっしゃいませー！　防具はかわいくカッコよく！　どりーむめいるですー！」

そのせいか、呼び込みも凄い。恐らくは看板娘なのだろう少女が鎧を着込み看板を持って呼び込みをしている姿は、今の時代に適応した姿なのだろう。もしかつての秋葉原を知る者が此処に居れば「あんまり変わらねえな……」などと言うかもしれない。

そんな秋葉原をイナリは歩き、店の看板を見ていく。

金谷製剣工房、チャクラムの穴、田中防具店、メロンアックス、風楼武具工房……大きさも種類も色々だ。

しかしまあ、イナリは武器も防具も必要ないのでそこらへんは関係ない。だからテクテクと歩いていくのだが……恐るべきことに、この結構見た目重視な恰好が溢れる中でもなお、イナリは目立っていた。

秋葉原が覚醒者の街と化したことでアイドルじみた容姿やかわいい、あるいはカッコいい容姿の覚醒者も少なくないにも拘わらず、だ。

イナリが歩けば周囲が振り返り、狐耳や尻尾が動けば息を呑む音が聞こえる。突然秋葉原に降臨した狐巫女はまさに視線を独り占めであった。

「何あの美少女……え、あれどうなってるの？」

「巫女……狐巫女？　なんだろう、何か燃え上がるものを感じる……」

「フワフワしてる……触りたい……」

とはいえイナリが楽しそうに歩いているのを邪魔できる者も中々いない。

遠巻きに見ているばかりだが……当然、そんな視線はイナリもビシバシと感じていた。

（うーむ。此処でも凄い注目されとるのう……まあ、ええか）

見られるだけならば特に害はない。ない、のだが。それよりもイナリには大問題がある。

それは「スマートフォンは何処に売っているのか」である。

さっきから武器やら防具やら薬やらばかりなのだが……店が見つからないのだ。

「うーむむ……どうしたものか」

イナリは迷った挙句、近くにいた呼び込みの人に声をかけてみる。

「あのー……申し訳ないのじゃが、ちょっと聞いてもええかのう？」

「きゃっ！　え、あ。何ですか？　お嬢様！」

「お、お嬢様あ⁉」

「はい！　私たち『使用人被服工房』では執事やメイドの服をイメージした防具やアクセサリーを

ご提案しているんです！」

「めいど」

「メイドです！」

なるほど確かに執事やメイドを描いた可愛らしい看板と、お店に並ぶサンプルの執事服やメイド服。高度な戦闘に耐えうるモンスター素材を使っているのがなんとも趣味的な工房である。

「よかったら是非ご試着を！　絶対似合うと思うんです！」

「あ、うむ。それはまた考えるとして……覚醒者用のすまほを探しとるのじゃが。何処にあるのかのう」

「あ、覚醒フォンですね？　それならもう少し進むとライオン通信とフォックスフォンの二つがありますよ」

「なんとまあ」

ならば聞かずとも、もう少し頑張れば着いていたということなのだろう。それはなんとも恥ずかしく思えてきて、イナリは「そうじゃったかー……」と照れた様子を見せる。

しかしそんな様子にメイドはキュンときたようで、イナリに「あのっ！」と声をかける。

「この縁を大切にしたいので是非是非是非！　後でご来店いただけませんでしょうか⁉」

「へ？　う、うむ。まあ恩もあるしのう。縁と言われれば無下にも出来んが」

「やった！　約束ですよ！　てんちょー！　間違えた執事長ー！」

店の中へ走っていくメイドを見送りつつ、イナリは「変な約束をしてしまったかのう……」と呟くがまあ……取って食われはせんじゃろ、と気楽に構えて再び歩いていく。

「なんと……ほっくすとは狐のことじゃったか」

フォックスが上手く言えなかったイナリがそう呟く。

ライオン通信とフォックスフォン。互いにライバル同士であり、店を道を挟んだ向かい側に建てているくらいである。多機能型を主力とするライオン通信と、シンプルで頑丈さを重視するフォックスフォン。イナリが選ぶのは……。

「まあ、狐耳が狐の店に入らんのもどうかと思うしのう。ほっくすに行くとしようかの」

そうしてスタスタと店の中に入っていけば元気な歓迎の挨拶が響く。

「いらっしゃいま、ええ⁉」

「狐耳……？　え、嘘。ウチの強烈なファン……？」

「すまんが自前なのじゃ」

「あ、失礼しました！」

特に店員が狐耳をつけているということもなく、シンプルな店内にはスマートフォンが幾つも並んでいる。

覚醒者対応型スマートフォンとして開発された機種には電池として魔石が採用されており、電波に頼らない通信が出来るようになっている。ライオン通信とフォックスフォンはその先駆けであり、大手でもあるわけだ。

しかし当然、そんなものを非覚醒者に持たせるわけにもいかない。色々と危険であるからだが……

つまり当然、イナリにも資格を確認すべく店員が近づいていく。

「いらっしゃいませ！　此方覚醒者専用スマートフォンの専門店となっておりますが、覚醒者カードはお持ちでしょうか？」

「うむ。これじゃな？」

「はい、確認させていただきました。お客様は白カード……ということは初めてのご購入ということでよろしいでしょうか？」

「うむ。買うのを勧められてのう」

「一台あると便利ですよ。ダンジョン内での通信も可能になっておりますので、いざという時の危険度がグンと下がります。ランダムテレポートの罠に引っかかったパーティーが覚醒フォンのおかげで再び集合できたという事例もあるほどです！」

「ほー」

そう、通称覚醒フォン。ダンジョン内部は異界なので「外」への通信は出来ないが、覚醒フォン同士でのトランシーバー的な使い方は可能なのだ。これは電波に頼らない通信形式だからこそ出来るものだと言えよう。

「では、その覚醒ほんが欲しいのじゃが……どれを買えばええんかのう」

「はい、当工房では可能な限りシンプルかつ頑丈にすることを目標としておりますので機能としてはどれもほぼ変わりありません。値段の差はデザインや素材の差となっております」

ビッグタートルの甲羅を本体に、機械をリビングメイルの破片を溶かした金属で、そして液晶を浮遊水晶で作ったもの。本体は同じくビッグタートル、機械は安価な迷宮金属で作り、液晶をスライム混合板で作った、値段を抑えたもの。

「この二つなどはよく出る機種ですが、画面の耐久性を考えると浮遊水晶のほうが勝りますね」

「ふーむ。ならそれを頂こうかのう」

「あ、ありがとうございます。しかしよろしいのですか？　他の機種もございますが」

「むーん。それが自慢だから最初に薦めたんじゃろ？　そしていざという時の備えならば耐久性の勝る方が良いに決まっとる」

それは確かにフォックスフォンの目指すところだ。正直もう一つのほうは機能が少ないのに値段が高いというユーザーのクレームに対応し作ったものだ。売れている。いるが……「値段相応」でしかない。それでも最初のユーザーなら大抵選ぶというのに。

しかも、このイナリの表情、目……嘘がない。心の底からそう言っているのが店員にはよく分かった。

（このお客様……間違いない。フォックスフォンの魂を分かってくださっている……！）

店員は奥から出てきている店長と頷きあい、店員に手信号で合図を出す。

合図はフォックス……特別扱いの指令だ。今の時代、そういうことも至極真面目にやっている。

「その通りでございます」

そして店員は、恭《うやうや》しくイナリに頭を下げる。分かっている客には優しい……そんな職人気質を持つフォックスフォンにとって、今のイナリは「本気で大事なお客様」というやつだった。

「では此方をお包みいたします。それともすぐお使いになりますか？」

「すぐと言われてものう。説明書を読まねば使えんのじゃ」

「それでしたらサポートの範疇《はんちゅう》でございます。機能も簡単ですので、すぐにお使いいただけるようになりますよ」

「おお、それは助かるのう」

カウンターに案内されていくイナリだが、フォックスフォンでは普通はそんなサービスはしていない。イナリがＶＩＰのような扱いになったからこそである。

お茶とお菓子を出され、丁寧に使い方を教えてもらって。お店を出る時にはイナリは覚醒フォンで電話をかけて覚醒者専用ポータルサイトにも接続できるスーパーイナリになっていた。

そして店を出るイナリに店員が数人並び「ありがとうございました！」と見送るオマケつきである。近くを通った人は何事かとフォックスフォンを見て、次にイナリを見て。そしてまたフォックスフォンを見る。

「あの子、フォックスフォンか……」

「なんかそれしかないって感じだよな」

「……覗いてみる？　そろそろ買い替えようかと思ってたし」

たまたま通りがかった覚醒者たちが実際にイナリの買った機種を購入していったりと、そんな福の神じみたことをやったイナリではあったが……まあ、それはさておいて。

「きゃー！　かわいいー！」

◇◆◇

使用人被服工房。お屋敷風のエレガントな店構えの大きなその店は、メイド服や執事服、それに合う武器防具を販売する店である。しかしその辺をさておけばメイドや執事だらけの不可思議な……イナリにとっては異文化な店であった。そんな店にやってきたイナリはメイドたちに即座に囲まれてしまう。

「大変！　かわいい！　ねえどうしよう⁉」

「え、これ私のでいい⁉」

「こらー！　その子はお客様ですよ！　囲まないの！」

「えー⁉　じゃあエリが見つけたのってこの子⁉」

「お帰りなさいませお嬢様！」

「はい、散った散った！」

イナリが会ったメイドが他のメイドを追い払うと、メイドがさっとカーテシーをする。イナリには分からないが、文化は違えども美しい所作だ……そういう訓練をしているのかと思わせる動きだった。

「さて、他のメイドが失礼しました。使用人被服工房のエリです。本日はお越しいただきましてありがとうございます」

「うむ。狐神イナリじゃ」

「早速ですけど、メイド服にご興味などはございませんか？」

「めいど服？」

「私が着てるようなものです」

「あー、なるほどのう」

まあ、被服工房であるのだから服を売っているのは当然ではある。エリも先程「『使用人被服工房』では執事やメイドの服をイメージした防具やアクセサリーをご提案」と言っていた。実際にイナリが見る限りはただの服ではなく何らかの魔力を感じる品だ。青山の言う「人造アーティファクト」というのは、こういうものなのかもしれない。

「しかし、儂は今の服があるからのう」

「あ、別に売りつけようなどとは思ってません！　ただ、メイド服の良さを是非ご体験いただけたらな……と思いまして」

「ふむ」

「使用人被服工房では御覧の通り、ちょっと非日常な体験をご提供しています。今回のご縁を機会に、是非そういったものをご体験いただければ……と思いまして」

なるほど、確かにそういう機会でもなければメイド服などに袖を通す機会はないだろう。興味があるかないかといえば「ない」が答えになってはしまうのだけれども。ただ、エリのおかげで覚醒フォンを買えたのもまた事実。勧められたのであれば強硬に断る理由は……まあ、ない。

「うむ。今日は世話になったしのう。うむ。その体験、やってみようかの」

「はい、許可いただきました！　メイド隊、集合ー！」

「「「はい！」」」

「ぬおっ⁉」

エリの声に従い現れたメイドたちの手には可愛らしいメイド服やメイク道具……しかもメイド服はイナリにぴったり合いそうなサイズである。

「ではお任せください、最高の体験と時間をご提供します！」

「きゃー、凄い！　お肌が赤ちゃんみたい！」

「え、これ髪どうなってるの⁉　凄い……！」

「ぬおおおおお⁉」

もみくちゃにされながらも仕事が的確なメイドたちによってメイドに仕上げられたイナリはフリルもあしらわれたクラシックメイドスタイル。けれどホワイトブリムも狐耳を邪魔しないように頭に添えられて、なんとも異世界のメイドとでも呼びたくなるような恰好であった。

「わ、すごい……」

「異世界メイド……え、此処が異世界……？」

何やら感動しているメイドたちだが、イナリは何処が感動ポイントなのか全く分からず首を傾げてしまうのだった。

その後、なんだかんだで使用人被服工房にメイドイナリの写真が飾られることになったのはさておいて。すっかり夕方になった秋葉原の街は、まだまだこれからといった雰囲気がある。

「なんか人が増えてきた気がするのう……」

増えた、というよりは人が入れ替わり始めたというのが実は正しかったりする。

何しろ覚醒者という仕事はおよそダンジョンに潜る生活をしている限りは昼夜があまり関係なかったりする。

◇◆◇

ダンジョンから出てきたら夜、どころか三日かかったり一週間かかったりすることもある。

半日程度で終わったとしても、その後の武具の整備や道具の補充のために工房に行かなければならない。場合によっては新しいものを買う必要もあるだろう。

けれど工房が九時から十七時までしかやっていません、となると覚醒者は困ってしまう。

勿論覚醒者協会でもある程度のサービスはあるが、こだわりの出てきた覚醒者にはお気に入りの工房があったりするものだ。そして工房としても、そんな「お客様」を逃すわけにもいかない。

個人の小さな工房ならさておき、ある程度人数のいる工房であれば二十四時間営業をしようという話になるわけだ。

そうすれば職人にまでこだわりのある覚醒者以外の要望には応えられるというわけで、稼ぎにも直結してくるともなれば大体の工房は我先に二十四時間営業の看板を掲げるようになる。

最近では小さな工房でもバイトを雇って夜間の「修理予約受付」だの「完成品販売」などをやっていることもある。

イナリもそれを何となく察したのだろう、眠らない街となった秋葉原の光景をじっと眺める。

「眠らない街、か。人の営みとは物凄いものじゃのう」

「何のお話ですか？」

「ひょっ⁉」

突然背後からかけられた声に振り向いたイナリは「キェー、メイド！」と声をあげる。

そう、そこに立っていたのはさっきの店のメイドだったのだ。服もメイド服のままである。

武具類もしっかりと着けているので、なんちゃって覚醒者ではないのはしっかりと分かるのだが。

「はい！　荒みがちな生活に安らぎを、趣味と実用の両立に完全回答！　世界のために今日も征く！　『使用人被服工房』のメイド、エリでっす！」

ビシッとポーズを決めるメイド……エリをイナリは胡乱《うろん》な目で見る。

「あー……今の一連の動き。練習しとるのかえ？」

「うわ酷い！　素で返されるの一番恥ずかしいのに！」

「それはすまなんだのう。現代文化はまだちょっとうといのじゃ」

顔を真っ赤にするエリにイナリは本当にすまなさそうに謝るが、それでエリはなんとか元に戻ったようだ。

「まあ、私たちの仕事ってイメージ商売なところあるので。普段から隙はあんまりないです！」

「あんまり、というのは」

「ちょっと作った隙に皆のハートを誘い込み！　メイド隊のタンク担当として当然の嗜みです！」

「さよか。じゃ、わしはこれで……」

「待ってー!?　さっきの今でそれは私悲しいです！」

「いやじゃって、なんかこう……わし、ついていけそうにないのじゃ」

「むむっ……では今後ゆっくりと分かり合いましょう！」

手を差し出してくるエリにイナリがまあ仕方ないと握手すれば、周囲から拍手と歓声が響く。

「いいぞー！」

「エリちゃーん！」

「俺のパーティーに入ってくれー！」

「狐巫女ちゃんかわいいー！」

いつの間にか見世物と思われていたらしいが、エリが手を振って応えている。

イナリも手を振るが……そうすると歓声が大きくなる。一体何事なのかイナリは全く分かっていないが、ここで乗らないわけにはいかないという空気読みだけは出来ている。

「では皆さんさようならー！　『使用人被服工房』をよろしくお願いします！」

言いながらエリがイナリの手を振って走り……先程の群衆から見えない場所まで走っていく。

「ふう、なんとかなったー」

「あー……なんじゃ。もしかしてあれかのう。わしに話しかけたの、わざとじゃな？」

「そりゃあもう。どっかで目立ちました？　怪しげな人が数人、尾行してましたよ」

「むう。それは助かったのじゃ。ありがとうのう」

「いえいえ。職業柄、そういう視線に敏感でして」

イナリもあちこちから見られていたことは気付いていたが、そんな怪しい視線が混ざっていたことには気づいていなかった。だからこそ、想定していたはずの危機にゾッとした。まさかこんなところでそんなことが。いや、こんなところだから起こるのか。

「あれだけ視線集めた中で妙な動きは出来ないと思いますけど。さっきの寸劇の中で車呼んだんで、私を信用できるなら是非」

「……うむ。お主を信じよう」

正しいかどうかはイナリには分からない。しかし、信じてみなければ始まらない。

やがて止まった車にエリとイナリが乗り込むと、運転手は先程のメイドの店に居た店長……もとい執事長だった。

「セバスさんありがとう！　ほんっと助かります！」

「いやあ、いいんですよ。慣れたもんです」

五十人が見て三十二人が納得するだろうナイスミドルな彼の名前はセバスチャン……フルネームは「滝川セバスチャン」……ちなみに本名である。

「で、今回はストーカーですか？」

「まだ分かんないです。イナリさんを見る目に怪しい視線が四つ混ざってたんで、何か起こる前にどうにかしとこうかなって」

「ああ、それは正解です。与える情報は少ない方がいい。それに……あ、シートベルトは締めてますか？」

「しーとべると？」

「私がやっときます！　これ、これを……こう！」

カチッとシートベルトを締める音を聞くと、セバスチャンはニッと不敵に微笑む。

「怪しい高級車一台。まずは撒きますよ！」

「ゴーゴー！」

「ひょ、ひょえー⁉」

アクション映画のような動きを始めた車の中でイナリは思わずエリに縋るが、それが嬉しかったのかエリはニヤニヤと嬉しそうに……本当に嬉しそうに笑っていたのだった。

そうして始まった夕闇のカーアクションの結果、なんとか怪しい車を撒いたが……イナリは主に精神的な疲れでぐったりしてしまっていた。

「大丈夫ですか？」

「うー……まあ、大丈夫なのじゃ」

車は今は安全運転だが、それも万が一追いついてこられても面倒だからであった。

まあ、それにしてもセバスチャンの運転は凄まじいものであった。

「それはそうと先程の車ですが、アレは覚醒者ですね」

「む？　分かるのかえ？」

「ええ。覚醒者専用車は特徴的なので。しかしそうなると先程のはタチの悪いタイプのスカウトの可能性がありますね」

スカウト。つまりクランのスカウトである。日本にはクランが無数にあり、東京には覚醒者協会日本本部があるせいで各クランも本部、あるいは支部を東京に置いていることが多い。

しかしまあ、クランといっても規模も質も様々だ。その中には当然どうしようもないチンピラ同然のクランも存在するしマトモなクランの皮を被った悪徳クランも存在する。

そうしたクランは悪質な方法でクランメンバーを集めていることもあり、やり過ぎたクランが覚醒者協会に摘発されることなどはよくある話だった。

「なるほどのう……」

まあ、安野にダンジョンに連れていかれたときのことが原因だろうとイナリは思う。あの時スマホを構えて写真を撮ったり連絡している者もいたので、その中に悪質な勧誘を行うクランの手先がいたのだろう。

「わしの顔写真しかないから、秋葉原で待ち伏せた……というところかのう」

「あー、覚醒者なら秋葉原に来ますもんね」

「そんなところでしょうね。しかしそうなるとどうしますか……」

「うむ。ま、なんとかなろう。えーと、安野の番号は……」

安野に貰った名刺を手に、イナリは覚えたてのスマホで電話をたどたどしくかけ始める。通話ボ

タンを押せば、数コールの後に安野の声が聞こえてくる。

『はい。どちらさまですか?』

「おお、わしじゃよわし」

『今時オレオレ詐欺は古いですよ?』

「イナリじゃ」

『げっ、今のは忘れてください。どうされました?』

「うむ。妙な奴等に目をつけられたようでのう。通りすがりのめいどと執事長の車に乗ってそいつらを撒いたところでの?」

『いや待ってください。いきなりたくさんの情報をブチこまないでください。えーと……』

電話の向こうで机か何かをトントンと叩く音が聞こえてきて。

『まず通りすがりのメイドと執事長ってなんですか? 何処かの名家の使用人の方ですか?』

「秋葉原のめいどじゃ」

『あー……居ましたねそんなの。じゃあそれは大丈夫ですね。でも知らない人の車にホイホイ乗らないでください。危ないかもでしょう?』

「うむうむ。分かっておるよ。もし騙されても何とかなる算段はあったからのう」

具体的には狐火で火を点けるか刀形態の狐月で車の扉をぶった切るつもりだったが、もしそうなったら明日の新聞を飾っていたかもしれない。通りすがりのメイドと執事長が良い人で本当に良かった。さておいて。

『でもそうですか。それで知らない番号からかかってきた理由も分かりました。とすると後は不審者についてですが……ひとまず人員を手配しますので、今から言う場所を運転手に伝えてください』

「うむ。住所は……」

「ああ。日本本部ですね。そこに向かって走れということですか」

セバスチャンがそのまま車を走らせると日本本部前に到着し……ビル前を警備していた職員が走ってきて窓を叩く。

「安野より伺っています。車は此方で移動させますので、このまま三十二階の第二応接室へどうぞ。これは許可証です」

「ええ、ありがとうございます」

許可証をセバスチャンが受け取ると、一番に降りてイナリたちのいる後部座席のドアを開ける。エリが次に降り「お嬢様、どうぞ」と恭しくエスコートする。どうやら安全が確保されたので遊ぶ余裕が出てきたらしい。

「お主等は……まあ、ええか」

ここぞとばかりに目が輝いている二人を止める理由もなく、イナリは二人を引き連れて歩く。

警備の一人もそのままついてくるが、そうなると見た目には何処のＶＩＰがやってきたのかという光景が出来上がる。

「すげえ、メイドと執事だ……」

「え、何あの執事。凄くセバスチャン……」

「警備もついてるぞ。何処かのＶＩＰか？」

（うーむ……こういうのを悪目立ちというんじゃったか……しかしまあ、もう何処まで目立っても誤差じゃのう……）

スマートフォンについてもイナリは理解が出来たが、どうやら写真を撮って一瞬で相手に送れる道具であるらしい。あのダンジョンでスマホを抱えていた人数を考えるに、恐らくイナリの顔は相当数の人間に知れ渡ったと考えていい。それが今日の結果だ。

ならば、此処からどう動いていくか。それが重要だが……大事なことが一つある。それは変わらずイナリはダンジョンに他の人間を連れ歩くつもりはないということだ。悪質だろうと良質だろうとクランの勧誘などは全てはねのけるつもりだ。

問題は、その方法。これから会う相手がそれを知っていることを、イナリは願っていた。

そして、イナリがエレベーターの上昇で「キョー」と奇声をあげながら尻尾をぼわっとさせる悲しい事件もありつつ三人は三十二階の第二応接室に着いていた。

フカフカのソファーは高級で、イナリの身体を優しく包み込むが……セバスチャンとエリの二人は何故かイナリの後ろにピシッと立っていた。

「……なんで座らんのか聞いてもええかのう？」

「「こんなチャンスは中々ないので」」

「よう分からん……」

ハモる辺り本気でそう思っているようだが、イナリにはよく分からない世界だった。

出されたお茶……二人が固辞したので一つしかないが、とにかくお茶を飲んで待っているとドアが軽くノックされる。入ってきた男はイナリの後ろに立っている二人を見て一瞬ビクッとするが、すぐに真面目な表情に戻る。

（随分とガタイが良いのう……それに、全身から力を感じる。相当強いのう）

後ろの二人もマッチングサービスであった連中よりは強いが、この男ほどではない。そう確信できるほどのものをイナリは感じていた。

「初めまして。警備部要人警護課、課長の飯島です」

「イナリじゃ」

「敷島です」

「滝川でございます」

どうやらエリの苗字は敷島であったらしい……さておいて。

「安野から申し送りを受けています。状況は大体理解できているつもりですが、念のためもう一度お話を伺えませんでしょうか？」

「うむ。まずは安野とだんじょんに行ったときの話じゃが……」

そうして一通りの話をすると、飯島はメモを取る手を止め何度か「うーむ」と唸る。

「恐らくですが、質の悪い勧誘であると思われます」

「恐らく、というのは他に何かあるということじゃな？」

「はい。色々あります。ですが今回は考えなくていいでしょう」

「人の世は荒んでおるのう……」

「返す言葉もありません」

言いながら、飯島は片耳についていたイヤホンマイクからの報告を受け取っていた。

「早速ですが、狐神さんのことを探ろうとしていたクランのうち、怪しいものが五つに絞れました」

「む、早いのう」

「どれが今回の犯人かは今調査中ですが、今から言うクランからの交渉については拒否すると良いでしょう」

レッドドラゴン、黒い刃、覚醒者互助会、サンライト、清風。黒い刃とかいうのは覚えがあるな……などとイナリは思い出す。そう、確かぶん投げた男の所属だったか。

「ひとまず狐神さんの家には警備課の者を向かわせ、しばらく交代制で見張らせます。ダンジョン攻略についても、しばらく……は……」

言いかけて飯島はイナリが凄く不機嫌そうなのに気付く。「むー」と唸っている。

まあ、当然だ。そんなのに絡まれてイナリが行動を制限されるというのは、あまりにも理不尽だ。

「こういう場合……うむ。こういう場合じゃが……普通どうするのかのう。駐在さんにでも連絡するのかの？」

「いえ。警察は覚醒者の問題には基本的に関わりません。こういうのは覚醒者同士で解決するのが通常であり、今回は我々が」

「うむうむ。それはそれとして、わしがどうにかしてもいいってことじゃよな？」

「それは、まあ。しかし、一体何を……」

何をするか。決まっている。お話をしに行くのだ。余計なことをするんじゃないと、ちょっと叱ってあげるだけだ。だから、イナリはにっこりと微笑んでそれを正直に伝える。

「うむ、ちぃとばかりお話をのう？　あ、建物は何処まで壊してええんかのう」

明らかに何かする気満々のイナリを見て飯島は何か言おうとして……諦めたように溜息をつく。

（……まあ、連中が蒔いた種だ。一発痛い目を見せておくのも牽制になるか）

「人死には出ないようにしてくださると助かります。世間からの印象というものは非常に大事です」

「うむ、心得た。まあ、元々そんなつもりはない故安心していいのじゃ」

「で、狙いは『黒い刃』ですか？」

「今のところ一番悪い縁があるでな。わしを探っているともなれば更に……のう？」

他のクランも怪しいには怪しいが、いきなりダメな手段でアプローチしてくるかというと少しばかり疑問がある。逆に言えばイナリにすでに悪印象を抱かれている「黒い刃」であれば、強引な手段を取ろうとしてもおかしくはないし、報復を考えている可能性だってある。それを飯島も察したが故に、部下に連絡して一つの資料を持ってこさせる。

「それは『黒い刃』の登録資料です。持ちだし禁止ですので、ここで必要な分だけ覚えてください」

「うむ、感謝するのじゃ」

住所と電話番号、クランリーダーの名前と顔。その他、幹部の名前と顔。一通りを頭に叩き込むとイナリは「うむ」と頷く。

「さて、と」

スマホを取り出したイナリは早速「黒い刃」の本部に電話をかける。しばらくコールした後に不機嫌な声で「はい、こちら『黒い刃』本部」と聞こえてきて。

「おー、わしじゃよわし。イナリじゃけど」

『ああ？　何だテメエ……いや待て。イナリ？　その名前、あの時の狐娘だな⁉』

「すでにわしの名前は調べたというわけじゃな、怖い怖い」

電話先の声は、間違いなくあの時投げ飛ばした男だ。イナリはそれが分かったからこそ、端的に用件を言う。

「今日わしを尾行してたのはお主等ということでええんかのう？」

『……だったら何だってんだ』

「お？」

『テメエと一緒に居た奴な。秋葉原で執事とメイドなんざ、調べるまでもねえんだよ。何か事故か起きねえといいなあ……！』

「ふーむ」

『余裕ぶりやがって、不幸はいつ誰にでも起こるんだぜ！』

電話先の男は気付かない。電話だから気付かない。イナリの目が、スッと細められていることに。その場にいる者であれば誰もが理解できる程度には冷たい怒りがその身から流れ出ていることに。

電話の先にいるその男だけが、気付かない。

「ほんに、愚かじゃのう人の子よ」

『あ？　何言ってんだ。今更謝ろうったって』

「そうじゃのう。悔いても遅い。気付くのはいつも、その愚かさの報いを受けてからじゃ」

イナリはクスクスと冷たい微笑みを……飯島がゾッとするほどの微笑みを浮かべながら電話先の男へと告げる。

「今から行くからのう。迎える準備でもしておくとよいのじゃ」

電話を切って、イナリは飯島に視線を向ける。その視線に飯島はブルリと震えるが……当然だ。飯島には、目の前のイナリが先程までの何処かぬけた印象のある少女と同一であるように思えなかったのだ。

「早速じゃが、連中の本部まで送ってくれんかのう？　それと後ろの二人……む？」

振り返ると、セバスチャンとエリは立ったまま白目をむいていた。どうやら突然のジャパニーズホラーな雰囲気に耐えきれなかったようだが……そんな二人を見てイナリはクスッと笑う。

「それと、この二人の保護を。なあに、此度の件はすぐに解決するのじゃ」

◇◆◇

クラン「黒い刃」本部。東京の一等地からは少しズレたところにあるが、それでも今の東京に本部を所有することはかなりのステータスであり、「黒い刃」はその辺りの見栄には敏感だった。

そういうところから整えることで、立派なクランだと装えることをよく知っていたからだ。

たくさんの金を投入することで小規模とはいえビルを丸ごと所有する彼等ではあるが、その中は今大騒ぎであった。

「いいから寝てる連中も叩き起こして集めろ！　狐女が……『黒い刃』をナメやがって！」

「そうですよ。やっちまいましょうマスター！」

一体どのようにイナリのことを伝えたのか……イナリに投げられ先程電話で宣戦布告を受けた男は、クランの主であるクランマスターの側でペコペコとしていた。だが、それが気に入らなかったのだろうか、クランマスターは男を裏拳で殴って吹っ飛ばす。

「ぶべっ⁉」

「大体テメエがそんなガキにナメられたからこんな調子のらせたんだろうがよ！」

「す、すみません」

「クソがっ！　今から乗り込むだあ⁉　此処を何処だと思ってやがる！　痛い目見るくらいじゃすまねえからな……！」

この覚醒者が幅を利かせている時代、犯罪組織のようになっているクランも多い。「黒い刃」もその例に漏れず、旧時代であれば確実に違法であった利率の金融業を含む商売に手を出しているクランであった。人の世の常識が一度徹底的に壊れた今だからこそ出てきた連中とも言えるが……そうやって伸び伸びと生きてきた彼等であるがゆえに、余計なところで面子がどうのという「どうでもいいこと」にこだわってしまった。

だからこそ。下の階から響いてくる喧騒の「種類」が変わったことにも気づかなかった。そんなことは有り得ないと、そう思っていたから。

だから、気付かなかったのだ。今まさに、一階の玄関口に覚醒者協会の車に乗ったイナリが乗りつけてきたことに。

クランマスターが気付かないままに一階では、その車の到着にザワついていた。

当然、そこから降りてきたイナリを見てさらに大きくザワつく。まさか先程写真を見せられたばかりの相手が来るとは思わなかったのだ。しかし、そのイナリ本人は薄い笑顔をその顔に浮かべたままだ。

「おお、おお。此処が『黒い刃』とかいう連中の本拠地じゃな?」

「て、てめえ……このクソガキ。協会の車で来やがって、威嚇のつもりか!?」

「いやあ? 彼等は今日これから起こることを何も見ていないことになっとる」

言いながら、イナリは男にクイッと手招きしてみせる。

「じゃからまあ、怖がらずにかかってくるとええ」

「こ、このクソガキィ!」

男が振り下ろしたのは、鞘に入ったままの覚醒者用の剣。腕の一本くらい折っても構わないと、そんな態度が透けて見える一撃で。

「……へ?」

次の瞬間、男は宙を舞っていた。いつ投げられたか、どのように投げられたのかすら分からない。

合気道。そんな言葉が男の中に浮かんだときには、もう地面に叩きつけられて「けはっ」と肺の空気が全部出る音を響かせていた。

「すきるとは便利じゃのう。使おうと思った瞬間に出よるわ」

「こ、こいつ格闘家だ！」

「囲んで撃て！」

魔法使いや弓使いといった遠距離ディーラーがイナリに武器を向けて。しかし、イナリがそこに居ないことに気付いて「えっ」と声をあげる。そして一人の弓使いは、気付く。自分の目の前で自分を見上げている、狐耳の美少女を。

「ぐがっ⁉」

「いかんのう。お主等近距離に弱いんじゃろー？　そんな立ち止まっとっては殴ってくれと言うとるようなもんじゃ」

突きあげるように繰り出された掌で顎を殴られ、弓使いの男が倒れて。その時にはもうイナリは次の遠距離ディーラーを殴り飛ばしている。それだけではない。イナリが普通ではないとようやく悟った近距離ディーラーたちが武器を抜き襲い掛かるが、それも片っ端から投げられ吹っ飛ばされていく。

「何やってんだ！　そんなガキにいつまでもげぶえっ！」

偉そうに指示をしていた男がイナリの足払いを受けて背中から地面に叩きつけられる。

「こ、この……げふっ！」

「おうおう、勇ましいのう。しかし悲しいかな、お主は今、そのガキに足蹴にされておるのう？」

丁度胸元辺りを踏みつけられた男は、身体を起こそうとしても起こせないことに気付いて焦りを感じ始める。

（か、勝てねえ……なんだこのガキ。素手で俺たちを……⁉　有り得ねえだろ！）

「ち、チクショウ！　お前一人で全員倒せるとでも思ってんのか⁉」

「うむ。容易いのう」

「なっ……！」

男を踏みつけたまま、イナリは微笑む。目が全く笑っていないままに、冷たい怒りをにじませて。

「わしに狐月を使うまでもないと思わせる時点で、勝負になっとらんのじゃよ」

そう、今回の件に挑むにあたり「人死にが出ないようにしてほしい」と言われているし、イナリはそれを忠実に守るつもりだった。そうでなければ、この場で目の前のビルに弓形態の狐月でビルが粉々になるまで矢を撃ち込んでいる。

「とはいえ、少々仕置きせねばならんからのう？　まずは小娘一人に総がかりで負けた木偶《でく》の坊の評価でも贈るとしようかの」

それからは、本当に一方的な戦いが始まった。

近づく者はイナリにポイと投げられ、遠距離攻撃を仕掛けようとする者も全然成功しない。だが、それでも「黒い刃」も実力派を名乗るクランだ。中には非凡な者もいる。

「う、お、らあああああ！」

「お？」

ほぼ一瞬での魔法スキル……それもスキル名の詠唱無しでの発動。放たれた火球はイナリに向かって放たれ、小規模の爆発を起こす。

「ハハッ、ざまあみろ！　粉々だぜ！」

「床がのう？」

「はあっ⁉」

自分の隣で粉々になって開いた床の穴を見ていたイナリに男は杖を振り回すが、イナリはヒョイと避ける。

「いやあ、今のは少し驚いたのう。そういうすきるは唱えないと発動せんものじゃと思っとったが」

「ハッ！　俺は無詠唱のスキル持ちなんだ！　だから……こうだ！」

「何がこうだ、じゃ。この戯《たわ》けが」

イナリにぶん投げられて、何かをしようとしていた男は床に顔面を打ち付けて気絶する。

「まったく、お主等の建物じゃろうが。わしが気を遣っとるのに何をしとるんじゃ」

此処まで会った全員がそうだが、イナリを倒そうとするのに集中するあまりに他の全てに配慮できていない。今出ている怪我人のうち、フレンドリーファイアが物凄く多いのはビルの通路の狭さが原因というだけではない。「黒い刃」のメンバーたちの雑さが大きな原因なのだ。

「あ、見つけたぞ！」

「ナメやがって！　ぶっ殺してやる！」

「おお怖い。怖すぎて歩みが早ぅなってしまうのじゃ」

「ぐわー⁉」

ポイポポイとぶん投げられていく「黒い刃」メンバーに振り向きもせず上の階へ歩いていくと、どうやら其処が最上階のようだった。

最上階には立派な扉が一つあるのみ。イナリがそれを押し開くと……待っていたといわんばかりに無数の魔法が飛んでくる。大爆発を起こした魔法は扉も壁も吹っ飛ばし、立ち昇る噴煙の中クランマスターは勝利を確信する。

「やったか⁉」

「やっとらんのう」

煙が晴れた先にいるのは無傷のイナリと、その前に展開している光の壁だ。あの魔法を全て防ぎきった……そんな防御魔法を新人が使うのは、まあ可能性は低いがないわけではない。

しかし此処まで登ってこれるならば間違いなくディーラー。攻撃に特化したディーラーが防御魔法スキルまで使えるというのは、理屈に合わない。ならばヒーラー？　戦えるヒーラーなど聞いたことがない。ではタンク？　可能性はある。あるが……攻撃力にも長けたタンクなど有り得ない。ならば……目の前にいるイナリは一体何だというのか？

「お前……お前、なんなんだ」

「何、と言われてものう？　一応『狐巫女』らしいのじゃが」

「ふ、ふざけんな！　そんなおかしな名前のジョブで、俺のクランをこんな……！」

「おお、それじゃよそれ！」

「はあ⁉」

イナリはようやく思い出した、とでも言いたげな表情でクランマスターを指さす。

「お主のくらんはのう、今日からわし一人に総がかりで負けた木偶の坊の群れになるんじゃ」

「なっ、ななっ……」

「お主等のような悪党でも殺さんでくれと頼まれとるゆえ、そうするがの？　その代わり……たぁーっぷり、恥を掻いてもらおうと思っとるんじゃよ」

にひひひひ、と笑うイナリにクランマスターの中で元々あったかどうかも不明な堪忍袋の緒が切れる。元々ナメられたらダメな商売だ。此処でイナリを無事に帰す選択肢も元々ない。

「ブッ殺せえええ！」

「ファイアボール！」

「アイスニードル！」

「サンダーボール！」

魔法使いたちが思い思いの魔法を一斉に放つが、イナリはそれをヒョイと避けながら一瞬後には魔法使いの一人の眼前に立つ。そしてその服を引っ張ると無理矢理頭を下げさせ、その頬をビンタする。

「⁉」

「お主等もじゃぞ……あんなもんを建物内でポンポンと！」

「痛ぁ⁉」

「ぎゃー！」

イナリにスパーンと尻を蹴られて悶絶する男たちはそのまま立てなくなるが……振り向いたイナリの視界に、巨大なウォーハンマーを持って走ってくるクランリーダーの姿が見える。

「見えたぜテメエの底！　やはり遠距離ディーラー！　なら近接に持ち込めば俺が勝ああああつ！」

「さよか」

「う、うおおおお⁉」

イナリがクランマスターをポイとぶん投げると、ウォーハンマーは床に凄まじい音を立てて落ちる。そして背中を強打したクランマスターが立ち上がろうとすると、その胸元にイナリが「よいしょっ」とまたがる。

「ぐっ、テ、テメエ……！」

「おうおう、力が強いのう。吹っ飛ばされそうじゃあ」

言いながら、イナリはクランマスターの頬にぺちぺちと触れて。

「ほいっ」

その顔を思いっきりビンタする。

「ほいっほいっ、ほい！」

ビンタ、ビンタ、往復ビンタ。クランマスターにまたがったままの怒涛の往復ビンタにクランリーダーは立ち上がることも忘れるほどに頭の中に星が飛ぶ。

リズミカルに響くビンタ音に魔法ディーラーたちはガクガクと震えて立てない。

「悪い子じゃ、ほんに悪い子じゃのー。わしが躾け直してくれようぞ」

「ふ、ふざけっ」

「口が悪いのう。良い子になぁれ!」

響くビンタの音が止む頃には、イナリは満足げな顔をしていて。

「ご、ごめんなさい……二度と手を出しましぇん……」

「うむ、よろしい」

クラン「黒い刃」はこの日以降……白カードの新人一人に壊滅させられたクランとして知れ渡り、自然とその勢力を減らしていくことになる。そしてそれは残念なことに、イナリの知名度を更に上げるきっかけにもなったのだった。

第4章　お狐様、実力を発揮する

翌日の朝。イナリはゆっくりとベッドから身を起こした。

柔らかいベッドとふかふかの布団は、そのまま何十年かは寝ていられそうなくらいに気持ちがいい。

「あー……よく寝たのう。まあ、わしは別に寝なくても問題はないんじゃけども」

寝ても寝なくても、身体機能に特に変化があるわけでもない。ないが……折角ベッドがあるのに寝ないのはベッドに失礼だ。

そんな気持ちで寝たが、想像以上に良かったのだ。だからこそ、今後は可能な限り夜はベッドで寝ようとイナリは考えていた。出来れば、このまま寝ていたい気分ではあるが、まあそういうわけにもいかない。覚醒フォンも手に入れたことだし、ダンジョン攻略をそろそろ本格的に始めなければならない。まずは教えてもらった覚醒者専用ポータルサイトから予約をする必要がある。

「さて、と」

覚醒フォンからのみ繋がる覚醒者専用ポータルサイトは、覚醒者協会が世界的に運営するものだ。オークションに固定ダンジョンの予約機能、マッチングサービスへの登録など、覚醒者に必要な機能が全部揃えられている。

ひとまず必要なのは固定ダンジョンへの予約。

東京にある固定ダンジョンで現在確認されている公式情報としては、十か所が存在している。

東京最大であり未だにクリア者の居ない迷宮型、東京第一ダンジョン。

ゴブリンの出てくる洞窟型、東京第二ダンジョン。

ウルフの出てくる草原型、東京第三ダンジョン。

オークの出てくる集落型、東京第四ダンジョン。

スライムや巨大ネズミの出てくる下水型、東京第五ダンジョン。

リザードマンの出てくる沼地型、東京第六ダンジョン。

アンデッドの出てくる地下監獄型、東京第七ダンジョン。

リビングメイルの出てくる古城型、東京第八ダンジョン。

虫型モンスターの出てくる森林型、東京第九ダンジョン。

獣型モンスターの出てくる草原型、東京第十ダンジョン。

バラエティー豊かであるようには見えるが、実際には第八ダンジョンと第十ダンジョンに人気が集中しているらしい。その理由はドロップ品であるらしいが、まあつまるところ武具や肉などが良い稼ぎになるということのようだ。

そしてイナリがクリアしたのは第二ダンジョンと第三ダンジョンだ。どちらも然程のものではなかったが……他もそうとは限らない。

「まあ、いずれは第一ダンジョンに挑む必要があろうが……まずは順繰りにやってみるとするかのう」

ひとまず第四ダンジョンに空きがある。まずは其処に行くべきだろうと予約ボタンを押そうとした瞬間、電話の着信が響き始める。

「む？　なんじゃ……安野か。えーと、通話は……これじゃったな」

通話ボタンを押して「もしもし、わしじゃ」とイナリが言えば、電話の向こうから安野の声が聞こえてくる。

『狐神さんですか⁉　テレビ！　テレビつけてみてください！』

「てれびい？　朝から何を言っとるんじゃ」

仕方なしにイナリがリモコンでテレビをつけると、何やらポップな画面が飛び込んでくる。

―本日の第一位は蟹座の貴方☆　なんだか思わぬ幸運が飛び込んできそう！　ラッキーアイテムは青のグロス！　特に恋愛運は二重丸！　ドキドキする一日が始まっちゃうかも！―

「……わし、恋愛運とか興味ないんじゃけど……自分の星座も知らんし……」

『へ？　恋愛運？』

「そういうのが知りたいならわしが占った方が良い結果が出ると思うがのう」

『あ、番組違います！　えーとですね……』

安野の言う通りに番組を変えてみると、何やら画面にイナリの姿が映っている。どうやら帰りの車に乗り込むところのようだが……。

―このように現場から覚醒者協会のものと思われる車で立ち去る少女の姿が目撃されているんですね。先生、これはどう見るべきなのでしょう？―

―はい。『黒い刃』は色々と噂のあるクランでしたが、それでもそれなりの実力者を揃えていました。現時点で確認できる情報を見る限りですと、この狐耳の少女が深く関わっているのは間違いないでしょう―

―いったい何者なんでしょうか？―

―分かりません。ですが著名な覚醒者のリストに彼女と同じ特徴の人はいません。つまり覚醒者協会の隠し持っていた秘密兵器の可能性が……―

思いっきりイナリの話をしている。というか、昨日の光景がどうやら撮られていたらしい。

「……どういうことじゃ？　昨日の騒ぎは表沙汰にはならんとか言っとらんかったかのう」

『それが、現場にそういう能力に長けた覚醒者のパパラッチがいたようでして。テレビ局の一つに持ち込んだんです。現在対応中ですが二、三日の間外には出ないようにしてください』

「まあ、うむ。仕方ないのう……」

『お願いします。では！』

まあ、そういうことであれば仕方がない。イナリは溜息をつきながら予約を諦める。
二、三日家から出ない程度であればどうということもない。その間、ポータルサイトやテレビを見て色々と現代社会について学習すればいいだけの話だ。
「……ま、勉強の時間がとれたと思うべきかの」

イナリは気を取り直すと、テレビのチャンネルを変える。

─見てください、この素晴らしい切れ味！　覚醒者用の刃物を作っている工房謹製だからこその、この性能！─

─これなら普段のお料理も楽々ですね！─

「ううむ、セットでこんなにオマケがついてこの価格とは……どういうからくりなんじゃ……」

……勉強になりそうにはないが。まあ、楽しければオッケーである。

◇◆◇

そして、三日後の昼。安野からイナリに電話がかかってきた。

『あ、お世話になっております。安野です！』

「おお、ようやくどうにかなったという話かのう？」

『はい。どうにかなりました。ひとまず今回の件はこれで終了という認識で問題ありません』

「うむうむ、これでだんじょんに行けるというものじゃ」

『バリバリやっちゃってください！　何かあれば連絡してくださいね！』

そうして電話を切ると、イナリは「うーむ」と唸る。どうにかなったとは言うが、具体的にどうしたのか。詳細を話さなかったということは、話す気がないか止められているのだろうが……絶妙に何かの圧力をかけたような匂いがプンプンする。覚醒者関連の歴史を考えるに、有り得ない話ではない。

「ま、どうでもええがの。人を見世物にしようって輩は嫌いじゃ」

イナリは覚醒フォンを操作すると東京第四ダンジョンを予約する。ポータルサイトには行き方も載っているので、特に迷う理由もない。

「えーと……ばすで行けるんじゃな。便利じゃのう」

すでにイナリはバスの使い方については覚えた。バス停が東京にはたくさんあって、ダンジョン行きの巡回バスがあることも分かっている。

「よし、行くとするかの」

イナリが必要な荷物は覚醒フォンと家の鍵だけだ。家を出てバス停を探し……そうすると、一人の男が家の近くにとまっていた車から出てくる。

「警備部要人警護課の武井です。お出かけですか？」

「うむ。お主等、まだ居たのかえ」

「はい。終わったというタイミングが一番危険ですので。それで……どちらへ？」

「だんじょんじゃ。その為にばすに乗ろうと思ってのう？」

「ではお送りします」

「有難いが自分で行くからのう。ばす停を教えておくれ」

笑顔で言うイナリに武井は頷くと、何処かにイヤホンで連絡しながら地図を取り出す。

「東京第四ダンジョンですね。それであれば、この道をまっすぐ進んで右に曲がると第四行きのバス停があります」

「あー……そうか。お主等、予約先の組織じゃものなあ……うむ、ありがとうの」

まあ、覚醒者協会の運営するポータルサイトで予約しているのだからその情報を協会側が知っているのは当たり前だしイナリとしては話が早いので助かる。

そうしてイナリはバス停に来たバスに乗り込むが、なんと一人も乗っていない。

「おや？」

「ご利用ありがとうございます。この車は東京第四ダンジョンに向かうものですが……」

「お仕事おつかれさまじゃ。これでええかの？」

「はい、覚醒者カードを確認させていただきました」

バスの運転手が頷くのを確認し、イナリは座席に座って。それを確認するとバスも出発開始する。

しかし、どうにもバスの中にはイナリと運転手の二人だけである。

確かに東京第四ダンジョンの予約はほぼ全ての時間が空いていたが、ここまでバスがガラガラだとは思ってもいなかった。確か東京第三ダンジョンはもう少し人が集まっていたはずなのだが……このバスで向かう人がいないというだけだろうか？

「うーむ。そんなに好き嫌いしてええんかのう？」

「オーク相手なら仕方ありませんよ」

バスの運転手がそう話しかけてきて「ひょ？」とイナリは声をあげる。まさか話にのってくるとは思わなかったのもあるし「仕方ない」という言葉も気になった。

「仕方ない、とはどういう意味かのう。人気がないというのは知っとるが」

「そっか。お客さんは白カードですものね。ご存じないのかもですが……オークほど恐ろしい生き物も、そうはいませんよ」

オーク。いわゆる人間型のモンスターではあるが、総じて大柄であることでも知られている。ゴブリン同様に様々な武器を使いこなすことでも知られているが……特筆すべきはその性質だ。オーク臭と呼ばれる独特の体臭を持ち、それで縄張りをマーキングする。更には狙った獲物に自分の匂いをつけることで何処までも追ってくる。

更にはずるがしこく、罠を使用する知能も持っている。「集落型」である東京第四ダンジョンではそんなオークの特性が最大限に生かされ、いつも気を張っていなければならないしオークの匂いをつけられてもいけない。

様々な対処法が必要になる上に、オークは肉食だ。彼等にとって人間がどう見えるかなど言うまでもないわけで……オークが人型であるだけに、その嫌悪感も激しいらしい。

「大手クランが定期的にクリアしてるらしいですけどね。そうでなきゃ、好き好んで向かう人もいませんよ」

「ふうむ。まあ、よくある魑魅魍魎《ちみもうりょう》の類とそう変わらんのう」

餓鬼に限らず、魑魅魍魎は「そういうの」が非常に多い。むしろ、そういうのではないモノを探す方が難しいくらいだ。だから、そんな話はイナリにとっては然程気にする話でもなかったのだ。

「ま、問題ないじゃろ。わしが上手く立ち回ればいいだけの話じゃ」

「それはそれは。なんだか余計心配になってきました」

「え？　なんでじゃ？」

自信満々で失敗しそうなフラグに聞こえる、とは失礼すぎるので運転手は言わなかったが。

まあ、狐耳に巫女服、尻尾までつけて武器の一つも持っていないように見える白カードの新人が「オークなんかこわくない」といったところで……バスの運転手としては心配しかないのは、まああまりにも当然すぎる話であったのだ。

「む、そうじゃ。帰ったらしゃけ握りでも作ろうかのう。ふふふ、きっと美味いぞ」

何やら死亡フラグじみたことを言っているので更に運転手はハラハラしてしまうのだが……そんな運転手の心配はさておき、バスは目的地に到着する。

「気をつけてくださいね！」

「うむうむ、ありがとうのう」

バス運転手の心配を余所にイナリがバスを降りると、そこには荒廃した街並みと、その中に新しく出来た施設の混在する光景があった。

固定ダンジョンが……それも不人気の固定ダンジョンがあるからこそ、復興が進まない。イナリがチラリと視線を向けた先には、覚醒者需要を見込んだものの売り上げが上がらず撤退したのだろう商業施設も幾つか見えていた。

ともかく、イナリはバス停からゲート前へと繋がる門を見上げる。他のダンジョン同様に武装した警備員が立っているが、今まで見た二つのゲートに比べると大分暇そうだ。

「お疲れ様じゃ。予約した狐神じゃが、入って構わんかのう？」

「え？　ああ、そういえば予約一件入ってたな」

「ちょっと待ってな。狐神……あー、あるな。どうぞ」

「うむ」

イナリが出したカードも一応確認したといった風だが、やる気の差が見て取れる。

施設内も職員用の建物とゲートしかないようで、気のせいかゲート前の職員もぽけっとしている。

「不人気じゃと、こういう風になるんじゃのう」

平和といえば平和なのだろうが……ダンジョンは放置すればモンスターが溢れ出てくるようになる。そういう意味ではこの状況が健全なのかどうかはイナリには分からない。

「予約した狐神じゃ」

「あ、はいはい。頑張ってくださいねー」

こっちの職員もやる気がない……が、まあイナリがどうこう言う問題でもない。

そのまま青いゲートを潜っていくと、目の前の光景が切り替わる。

何処まで続くのか分からない荒野と、その先に見える丸いテントのような形の簡素な家の数々。

ドンドコドンドコと太鼓らしき音も聞こえてくるのは、宴会でもやっているのだろうか？

晴天の空を照らす太陽は眩しく、イナリの姿をこれ以上ないくらいに照らし出している。隠れて接近する……などということも、此処では不可能だろう。それだけではない。集落らしきものは、どうやら幾つか存在する。

「なるほど、のう。これが集落型……というわけじゃな」

此処からボスを探し倒すのはなるほど、確かに手間だろう。普通に考えて一番守りの厚い場所にいるだろうし、そうなるとオークとの総力戦という話になってしまう。

しかも「どの集落にボスがいるか」が分からないのだ。下手をすれば疲弊しきった状態でボスと戦うことになるのだ。そうなれば最悪だ。そのくせしてドロップ品であまり稼げないというのであれば不人気なのも納得ではある。

「まあ、わしには関係ないがのう」

そう、あれが集落であって、たとえばどれがボスのいる建物なのか分からないとしても。空はこんなに明るくて、見通しはこんなに良いのだ。

「来い、狐月」

呼び声に応え現れたのは、一張の弓。凄まじい神気を放つ弓がその手に収まると、お狐様はキリキリと、その細腕からでは想像も出来ぬほどに弓を強く引いて。

弓を引き切った、その手の中に輝ける光の矢が出現する。

天に向けられたその矢が放たれ、天空で無数の矢に分裂して降り注ぐ。

「ギャ、ギャアアアアアア!?」

「グガアアアアアアアアア!」

「ギヒエエエエエエエエエ!」

「おーおー、響きよるわ」

地上に降り注ぐ光の矢の雨が無数のオークの悲鳴を生み、それが止んだ頃にオークの怒声が響き始める。まあ、いきなりとんでもない攻撃を叩き込まれたのだ。当然といったところだろうか?

しかしイナリは容赦しない。続けて矢を番《つが》えると、今度は「普通に」光の矢を放つ。

ズバアン、と凄まじい音を立てて飛翔する光の矢は丁度オークの集落の中心辺りに炸裂し大爆発を引き起こす。

「ギエエエエエエエエエエ!」

消し飛んでいくオークの中で、今まさに突撃命令を下そうとしていたオークリーダーは思う。

なんかよく分からんがヤバい奴がいる、と。

凄まじい光を放ち、オークの戦士たちを殺していく。このままでは皆殺しにされてしまう。そんなことを許すわけにはいかない。だからこそオークリーダーは神からの授かりもの……スキルを使用する。

狂暴化……理性を犠牲に全能力を引き上げる、選ばれた戦士のスキル。だが、これさえ使えばあの光の発射元にいる敵にも届く。だからこそ、オークリーダーは残った戦士たちに突撃命令を下して。自身もスキル「狂暴化」を使用する。消えていく理性と、湧き上がる力。

負けない。これならば負けない。だから敵を殺せ、とオークリーダーは咆哮する。

「ギュオオオオブエッ」

今度は真っすぐ飛んできた光の矢がオークリーダーの上半身を消し飛ばし、思わずオークたちは振り向き驚愕の声をあげる。

「ブヘエエエ!?」

「ブグエエエ！」

一体何が起こったのか。それを理解する暇もなく、次々と飛んでくる光の矢にオークは消し飛ばされていく。そうして、やがて動くオークがその集落の中に一体もいなくなった頃……イナリは入り口付近に佇《たたず》んだままオークの集落を目を細めてじっと眺める。

「デカい声じゃったのー。しかしまあ、あそこにはボスはおらんかったようじゃが」

イナリが他の冒険者と違う点は、強さだの何だのとは全く違う、ただ一点。

つまり……ドロップ品なんかどうでもいいと思っていることだ。だからこそ、イナリは「よし、次じゃ」と言いながら別の集落へと弓を向けていた。

そう……イナリによって始まった、とんでもなく一方的な蹂躙が、しばらくオークの悲鳴を轟かせていた。

そうして、オークの集落から何も聞こえなくなった頃……イナリは狐月を下ろして「ふう」と息を吐く。

「随分倒したはずじゃが、まだくりあの表示は出んのう。はて……何処に隠れておるのやら」

ボスを倒せばクリアのメッセージが出てダンジョンから外へ転送される。だというのにそれがないということは「ボスを倒していない」ということに他ならない。ならばどうするべきか？　当然、歩いてボスを探すしかない。

「やれやれ。そう楽はさせてくれんか。とはいえ、丁度いいといえばいいかのう」

そう、イナリの目標のためには魔石の回収も大切だ。ウルフの魔石も自宅に送ってもらっているし、地道に食べているが……オークの魔石も回収しておく必要があるだろう。

イナリは最初に殲滅したオークの集落に入ると、落ちている魔石を拾っていく。

「うるふの魔石よりは大きいかの？　誤差と言えば誤差かもしれんが……」

実際、ほぼ誤差だ。このダンジョンが不人気なのはその辺りにも理由がある。けれどイナリにとってはそんなものはどうでもいい。

魔石をひょいひょいと拾って、魔石を持っていない方の手でくるりと空中に円を描けば、そこに黒くて丸い空間が発生する。

「そーれっと」

そこに魔石を放り込むと、何処かに消えていく。まあ、よく言えば倉庫であり、悪く言えば神隠しである。もっとも、イナリは神隠しの意味で使ったことは無いし、今まで特に必要ともしていなかったので使わなかったが……こうして使ってみると便利なものだ。

—未登録の技を検知しました！—

—ボックススキルとの類似性があります—

—ルーム系スキルとの類似性があります—

—ワールドシステムに統合します—

—スキル【神隠し】を生成しました！—

「まーた『しすてむ』か。よう見とるのう」

とはいえ、便利になるのならイナリとしても特に異論はない。試しに「神隠し」と唱えてみると、イナリの目の前に『現在使用中です！　ウインドウを開きますか？』とメッセージが出てくる。

「よく分からんが……うむ」

イナリが「はい」を押せば、目の前に細かく四角で囲まれたウインドウが現れる。

それはRPGなどをやったものには馴染み深い「アイテムウインドウ」と呼ばれるものに似ており、先程イナリが放り込んだ魔石の絵が数と共に表示されていた。

「ほう、便利じゃのう。と、すると……」

ドロップ品と思われる斧を拾いイナリが黒い穴に放り込むと、アイテムウインドウに「オークの斧」が表示される。

「ほうほう！　なるほどのう……！　ん？　すると取り出すには……」

イナリがオークの斧の絵に触れると、取り出すか否かのメッセージが現れ、「はい」を選べば手の中にオークの斧が現れる。

「おお……これはこれは。いやはや、入れたモノを覚えなくていいのは便利じゃのー」

何しろ勝手に分類整理して目録を作ってくれるのだ。おまけに取り出しも簡単。

いわゆる「ボックス」系スキルが激レアなスキルだという一点が大問題ではあるが、イナリは元々そんなものを気にしないので何の問題もない。後でイナリから茶飲み話に聞かされるかもしれない安野の胃が痛くなるだけだ。

「さて！　そうなると此処にあるモノも向こうにあるモノも、全部回収してしまうかの。いやあ、便利便利。しすてむも粋なことをしてくれるではないか！」

（とはいえ……わしの神隠しに平気で干渉してくるとはの。相変わらず底が知れぬ……）

何処までやればシステムの正体に迫ることができるのか、現時点では全く見えないが……少なくとも敵であるようには見えない。今は一歩ずつでも強くなっていくしかない。

だからこそ、イナリは片っ端から魔石やドロップ品を回収していって。最後の集落での回収作業を終えたタイミングで「ところで」と何処かに向かって声をかける。

「出て来んのは自由じゃが……お主がくりあの鍵じゃからのう。出て来んなら……諸共吹き飛ばすが、ええんかのう？」

瞬間。テントの残骸から一際大柄のオークが飛び出しイナリへと剣を振るう。

オークジェネラル。このダンジョンのボスモンスターはイナリの隙を突くつもりだったようだが……全く隙が無いので、もうこのタイミングで出るしかなかったのだ。

「狐月、刀じゃ」

イナリの手の中の狐月が弓から刀に代わり、オークジェネラルの剣を切り飛ばす。

「ナ、何者……！」

「わしか？　見ての通り、狐じゃよ。今は狐神イナリと名乗っとる」

そのまま一撃でイナリの刀がオークジェネラルを切り裂いて。それでもオークジェネラルはイナリを直接潰してやろうと腕を振るい、しかしそれもイナリは軽く回避する。それでも振るわれる拳を避けながら、イナリは指先から狐火を連続で放つ。

「ガ、ガガッ……！」

「頑丈じゃのう……となれば、攻め方を変えるも致し方なし、か」

イナリは刀身に指を這わせ滑らせる。

イナリの指の動きに合わせ黒い靄を纏っていく狐月はゆらりと怪しい影を纏って。

「忌剣《きけん》・村正」

それは「秘剣」ではなく「忌剣」。イナリとしても積極的に使おうとは思わない類の力につけられる名称だ。この「忌剣・村正」もまたその一つ。呪いの刀として有名な村正伝説の再解釈により生まれた、忌《い》むべき一撃は……今、この場に姿を現した。

そして、イナリの刀から放たれた黒い刃が三日月のような形を描き、オークジェネラルを切り裂く。その傷口から黒い靄が溢れ出てオークジェネラルを呑み込んでいく。それは侵食。あるいは感染。あるいは捕食。黒い靄の中に、オークジェネラルは自分の命が消えていくのを確かに感じ取る。

「ゲ、ゲゲ⁉　ギグゲゲゲゲゲ！」

「『呪』じゃ。流石の体力自慢でも効くじゃろ？」

「ゲ、ガ……」

オークジェネラルが倒れ伏し、消えていく。そこに残されたのは、大きな剣。それをイナリが黒い穴に放り込めば、早速クリアメッセージが表示されていく。

―【ボス】オークジェネラル討伐完了！―

―ダンジョンクリア完了！―

―報酬ボックスを手に入れました！―

―ダンジョンリセットの為、生存者を全員排出します―

「うむ。ま……こんなもんじゃろ」

その「こんなもん」がどれほど凄いことかを全く気にしないままに、イナリはダンジョンの外へと転送されていく。

◇◆◇

お昼には、まだまだ時間のある午前中。

予約も一件しかなく、物凄く暇な職員が覚醒フォンでネット掲示板などを見ていた。

通常、集落型のダンジョンは腰を据えて挑むことになるため、かなり時間がかかる。

三日かかることだって珍しくはないし、一週間超えても帰ってこないようならば救助隊が出る。というか、一般的に固定ダンジョンはボスを倒さないのが普通なのだ。

練習用として使われている東京第二ダンジョンやクリアに然程時間のかからない東京第三ダンジョンはともかく、他の固定ダンジョンは大体一時間おきに他のパーティーが中に入る。ボスを倒すよりも一定時間ごとに再出現するモンスターを皆で倒した方が得だからだ。誰も今の時代、命懸けでボス討伐などやってはいない。そういうのは定期的に大手クランがやればいい話だ。

そして、この東京第四ダンジョンはその性質上、どうしても最終的には殲滅戦になる。つまりボスを倒す命懸けのバトルになるわけだが……それで手に入るのが汚い斧や剣などなので、しかも罠による怪我の危険性もある。そんなダンジョンが人気のはずもない。先程入った覚醒者も適当に現実を知って戻ってくるだろうと、そう職員は気軽に考えていた。

「しかしまあ、可愛い子だったな。怪我とかしてなきゃいいんだが」

狐耳と尻尾までつけていたのはそういう趣味なのか。そんな失礼極まりないことを考えながら、職員は椅子に座り覚醒フォンを取り出す。

「そういや今日から限定ガチャだったな……どれ、さっきの子の無事を祈って十連……」

人気のゲーム「覚醒大戦」のガチャを引き始めた職員は、ゲート側の転移場所がパアッと光り始めたことに気付かない。

「お、確定演出……」

イナリが光と共に転送されてきて……同じタイミングで職員のアカウントに限定星5キャラが現

れる。

「き、きたあああああ！　よっしゃあああ！」

「なんと……そんなに歓迎してくれるとは嬉しいのう」

「へ？　うえっ⁉　え、もうクリアしたんですか⁉」

「む？　うむ。　え？　今の『よっしゃあ』がわし宛ではないなら一体」

「あ、いえいえいえ！　なんかこう、頭で理解するより喜びが勝りまして！」

「おお？　そうかそうか。それは嬉しいのう」

　イナリが無事にチョロく誤魔化されたのはさておき、誤魔化し切った職員は心の中で驚きで絶叫していた。

（え？　えええええ？　有り得ないだろ。もうクリア？　え？　クラン『閃光』の連中が百人がかりで半日だぞ？　それが、まだ昼にもなってないのに？　クリア？　どうなってんだ……？）

「え、えええと……クリアおめでとうございます。戦利品の確認をさせていただいてもよろしいですか？」

「うむ。これじゃの」

「うげえ、アイテムボックス⁉」

「ひょえっ⁉　なんじゃあ⁉」

「え、いえ。その、思わぬスキルに驚きまして」

　神隠しの穴からアイテムをどさどさと出したイナリに再び驚く職員だが、出てきた魔石の数にもドロップ品にも驚いていた。

「うっそだろ……オークの斧や盾はともかく、オークジェネラルの剣……？　これってドロップするものだったのか……」

「おお、そうじゃ。あいてむぼっくすを開けね……ば？」

—称えられるべき業績が達成されました！【業績：オークの高速殲滅者】—

—報酬ボックスを回収し再計算中です—

—報酬ボックスを手に入れました！—

「むう。まーたこれか。随分と業績とやらは簡単じゃのう」

「え、えええ⁉　なんですか、その絶妙に可愛くない箱は」

「それはわしもそう思う」

デフォルメされたオークの顔がプリントされた紙で包装された手のひらサイズの箱を、イナリは職員の前にスッと差し出す。

「え？」

「写真。撮るんじゃろ？」

「あ、ああ！　そうでした！　こんなの初めてで……！」

そうして職員が覚醒フォンで慌ただしく写真を撮ると、イナリは包装をバリバリと破いて。

光りながら浮かび上がってきたものは、どうやらオークジェネラルの被っていた兜であるようだった。

「す、すみません。初めて見るアイテムですが、これはどのように取り扱われるご予定でしょうか……?」

驚きすぎて恐縮してしまっている職員に、イナリは「うむ」と言いながらオークジェネラルの兜を差し出す。そう、答えは一つだ。

「わし、こんなもん要らんのじゃ。魔石だけ持って帰るからの。他はおーくしょんに出品しておくれ」

「え、ええ!? 凄いアイテムかもしれないんですよ!」

「凄かろうと何だろうとわし、こんなもんは要らんからのう。欲しい人に渡った方がよかろ」

「う、承りました。すぐに手続きをさせていただきます」

「うむうむ。ではわしは帰るのじゃ」

「あ、待ってください。目録を作りますので!」

そうして出来た目録を受け取り、魔石を神隠しの穴に収納してスタスタと帰っていくイナリを見送ると、職員はゲート専属の鑑定士を呼ぶ。スキル『鑑定』があるがゆえに、そういったサービスもしているのだが……オークションに出品する以上、ここで鑑定をしておく必要がある。

結果として鑑定士も青ざめ、イナリに慌てて電話をかけて再度「要らぬ」と言われ出品されたオークジェネラルの兜は、再び大きな混乱を巻き起こすのだった。

◇◆◇

クラン『閃光』本部。

日本の十大クランに入るそのクランマスター「星崎樹里《ほしざきじゅり》」は、覚醒者専用オークションに出品された二つのアイテムに驚きと焦燥を隠せずにいた。

「オークジェネラルの兜に剣……？　なんだ、このアイテムは……！」

星崎樹里。弱冠二十四にして五本の指に入る近距離ディーラーだと言われる彼女にとって、この二つのアイテムはあまりにも見過ごせないものだった。

まず、オークジェネラルの剣。武器としてはオークサイズの大剣だが「サイズ調整」のスキルがついており、装備者の体格にあった大きさに変化する。それでいて基本性能も覚醒者協会の評価は「下級上位」。一線級とまではいかないが悪くはない。まあ、そこまではいい。

問題はこれが「セット装備」と呼ばれるタイプの剣であるということだ。対応するアイテムと組み合わせた場合の追加効果が攻撃力に恩恵のある「剛力」である。つまり大剣としてこれはかなりのポテンシャルを秘めている。

そして、その「セットアイテム」がオークジェネラルの兜だ。派手な印象のある兜だが、こちらも「サイズ調整」つき。だが……覚醒者協会の評価は「中級下位」。今現在「一線級」と呼ばれる装備が同じ「中級下位」であることを考えると、手に入れる価値は充分以上にある。

ある、というのにだ。この兜にもセット効果が剣のものとは別に存在する。それが「ジェネラルオーラ」。一時的に身体能力を引き上げるという、オークジェネラルが時折使用する凄まじいスキルである。

（あのスキルが、このセット装備があれば使用可能になる……？　『ソードマスター』の私であれば使いこなすのは簡単だ。しかし問題は、そう思うのは私だけではないということ。それに、これが世に出たということは……！）

急がなければならない。これはかなり大きな騒動になる。そう確信した星崎は近くに控えていた秘書の秋川に指示を出し始める。

「秋川！」

「はい、マスター！」

「オークジェネラルの剣と兜……必ずウチが落札するわ！　それと東京第四ダンジョンの次回の大規模攻略の件だけど……」

「大変ですマスター！」

言いかけた星崎はノックもせずに飛び込んできたクランメンバーに舌打ちをする。

「何⁉　今見ての通り忙しいのよ！　秋川、東京第四ダンジョンの予約をすぐに全部押さえなさい！」

「そのダンジョンの件です！　『黒風』と『ホーリーナイツ』、あと『Dクロウ』に『ガンデード』……色んなクランから大規模攻略の権利移譲に対する申し入れが……！」

「マ、マスター！　東京第四ダンジョン、すでに直近一か月分の予約が全て埋まってます……！」

「ああ、もう！　どいつもこいつも金の匂いを嗅ぎつけて集まってきて！」

星崎は思わずデスクを拳で叩くが、今回のオークションの件が知れ渡った時点で分かっていたことだ。ちょっと頑張っている覚醒者であればオークジェネラル装備が東京第四ダンジョンから出たであろうことは想像がつく。

東京第四ダンジョンが不人気なのは利益がリスクに見合わないからであって、そこの天秤《てんびん》が釣り合う……いや、利益のほうに大きく傾くというのであれば、東京第四ダンジョンは一気に人気の固定ダンジョンへと生まれ変わる。

実際星崎も東京第四ダンジョンの定期的な大規模攻略は覚醒者協会へ恩を売っている意味しかなく、こんな事態になるとは全く想定していなかったのだ。

まあ、当然だ。今まで全くそんなものはドロップする気配すら見せなかったのだ。せめてオークジェネラルの剣だけでもドロップしていれば、星崎はそこから東京第四ダンジョンの価値を見出せたのだ。それがまさかこのようなことになるなど、想定できるはずもない。

悔しい。ムカつく。色んな感情が星崎の中を巡るが、大きく深呼吸すると星崎はこれからどうするべきかを自分の中で組み立てていく。

「秋川」

「はい！」

「さっき言った通り、剣と兜は絶対に落札なさい。四億までなら相談なしで使っていいわ」

「よ、四億……了解しました！」

「それと名堀！」

「はいマスター！」

「各クランにどんな条件だろうと権利は絶対譲らないと叩き返しておきなさい！　それと人事部に

連絡！　今回の件をやらかしてくれた奴の情報を探るよう伝えなさい！」

テキパキと指示をするその姿は、まさしく大規模クランのリーダーとして頼りになる姿だろう。

東京第四ダンジョンが実は稼げる場所だというのであれば、この利権は絶対に手放すわけにはいかない。それはクランリーダーとして当然のことだ。

チラリと視線を向けたオークションサイトの画面では、オークジェネラルの剣と兜の入札額が目まぐるしく上がっている。

東京第四ダンジョンの予約状況を見た者たちの中で、アイテムそのものを使いたいという面々が入札のほうに舵を切ったのだろう。この話が今現在を大きく超える大騒ぎになるのは、もう間違いない。

「コレを出したのって、どんな奴なのかしら……騒ぎにしてくれちゃって、恨むわよ……」

そんなことを星崎が呟いている、その頃。その騒動の大元であるイナリはそんな騒動のことなど全く気付くこともなく、シャケ握りを楽しそうに握っているのであった。

そう、おにぎり。おにぎりだ。ほっかほかのシャケ握りである。

シャケを焼いてほぐすのもいいが、現代にはシャケフレークがあるのも見逃せない。

お手軽にシャケを好きなだけご飯に詰め込んで、キュッと三角に握る。

海苔はつけてもつけなくてもいい。シャケがあるだけで幸せは保証されているのだから。

そう、イナリは海苔の力を信じているが、同様にシャケの力をも信じていた。

「ふふふ……こうして並んだしゃけ握り。ああ、美味そうじゃあ……いやいや、ダメじゃダメじゃ。

台所で食べるのは無粋に過ぎる。キチンと食卓に運ばねば……」

とろけたような表情をキリッと引き締めて、イナリはシャケ握りの乗ったお皿を食卓へと運んでいく。すでに熱いお茶は用意してあるので、あとは食べるだけだ。

ほっかほかのシャケ握り。ふんわりと伝わってくるその香りは、もう美味しいと確定しているかのようだ。

「現代とは実に罪な時代よのう。まさかしゃけふれえくなるものが売っておるとはの。梅干しもえもんじゃが、しゃけの白飯との相性は完璧じゃからのう……それをまさかほっかほかで食える時が来るとは！　ああ、もうたまらん！　いただきま」

イナリがシャケ握りを口に運ぼうとしたその瞬間。

ピンポーン
「キエー！」

何度聞いても慣れないインターホンの音が響き、イナリはシャケ握りを持ったまま椅子から飛びあがる。

「い、いんたーほん……！　毎度のことじゃがあれ、音がでかすぎるんじゃないかのう……！」

名残惜しそうな表情でイナリはシャケ握りを皿に戻すと、カメラ付きインターホンの画面の前へと歩いていく。するとそこには、安野の姿が映っていた。

「むう？　安野か。一体何の用かのう？」

通話ボタンを慣れない手つきで押して「おー、安野。こんにちはじゃ」と声をかける。

「あ、狐神さんこんにちは！　実はちょっとお話がですね」

「後で出直してくれるかのう」

「えっ」

「今わし、ちょいと忙しいんじゃよ」

「ええ!?　そ、その！　そんなにお時間は取らせませんので！　緊急の話があるんです！」

緊急。そう言われてしまうとイナリとしても無下には追い返せない。チラリとテーブルの上のシャケ握りに目を向けると、小さく溜息をついて玄関まで走っていきドアを開ける。

「こんにちは！　上がってもよろしいですか？」

「まあ、ええがのう」

そうしてリビングまで行った安野はテーブルの上に乗っているシャケ握りとお茶を見て「あ、やっちゃった……？」という顔をする。

「お食事中申し訳ありません……でも本当に緊急なんです……」

「うむ、構わんよ。それで何の用かのう？」

「あ、お食事しながらで構いませんので」

「それは行儀が悪かろう？　いいから話すとええ」

シャケ握りとお茶を横に除けるイナリに頷くと、安野は鞄の中から資料を取り出し始める。

「実は先日狐神さんがオークションに出品された兜と剣なんですが、オークション始まって以来の最高額を叩きだしました。おめでとうございます」

「あ、うむ。ありがとうのう」

「は、反応薄いですね……結構凄いことなんですが」

「そんなこと言われてものう」

「合計四億三千二百万……こんな額が出たのは初めてです。やはりセット装備というのが効いたんでしょうね。此処まで高額となると落札者に直接来ていただく形になるんですが……ちょっとその相手がですね、クラン『ジェネシス』のマスターなんですよ」

クラン『ジェネシス』。日本の十大ギルドの一つであり、マスターの「竹中洋一」は優秀な遠距離ディーラーである。つまり、剣も兜も使わないジョブなのだ。そんな竹中が何故オークションでオークジェネラルの剣と兜を競り落としたのか？

「その答えが、つい先程公開されたこの動画にあるんです！」

覚醒者専用ポータルサイトからもリンクしている覚醒者専用の動画投稿サイト「ウィーチューブ」。視聴だけなら一般人でも出来るこのサイトにある『ジェネシスチャンネル』。

安野が再生ボタンを押してイナリに差し出してきた覚醒フォンの中では、竹中が弁舌を振るっている。

――と、このように僕たちジェネシスはこの剣と兜を競り落とした！　勿論適切に使用できる者に貸し出すつもりだが、これは僕たちからのメッセージでもある！　このアイテムをドロップした人は、物凄く有望な覚醒者だと考えている――

「ほー……？」

—やったのは剣聖か、それとも黒の魔女か、それとも僕たちの知らない団体か……誰であるにせよ構わない。僕たちジェネシスは君、あるいは君たちを歓迎する！　これを競り落としたように、何処よりも良い条件を出せる自信がある！　連絡先は……—

「とまあ、こんな感じです」

「ふむ……」

イナリは真面目な表情で覚醒フォンの画面を見ながら、動画再生後の「関連しているかもしれない動画」の項目を指し示す。

「なんか『東京第四ダンジョンの件の真実をお話しします』ってたいとるが幾つもあるんじゃが……」

「む？」

「あ、それは気にしなくていいです」

「なんかこう、そういうものですので狐神さんはあんまり気にしなくていいと申しますか……まあ問題はそこじゃないと申しますか」

そう、問題は超大手クランの『ジェネシス』がこんな動画を公開したという一点にあるのだ。

「すでに狐神さんを特定しようという動きが広まっています。例のタチの悪い連中の動きも加速すると思いますので……その件で今回、ご相談に来たんです」

タチの悪い連中。以前聞いた五つのクランの名前はイナリも覚えている。

レッドドラゴン、黒い刃、覚醒者互助会、サンライト、清風。

そのうちの黒い刃に関しては、イナリがこの前乗り込んで反省させてきた。

「そんなタチの悪い連中を野放しにしとくのは感心せんのう」

「仰る通りです。ただその、色々としがらみもありまして……」

「ま、ええがのう。で、相談とはなんじゃ？」

イナリがそう促せば、安野は「あ、はい！」と明らかにホッとしたような……実際話題が逸れてホッとしたのだろう。一つの冊子を差し出してくる。それは『使用人被服工房』のパンフレットで……イナリの口から思わず「ひょっ……！」と甲高い声が漏れかける。

そう、あのメイドの店のパンフレットである。いい人たちであったのは事実だが、あまりにも濃すぎて未だにイナリの中で色々理解が及んでいない領域であったりする。

「あ、間違えました！　これは私的なものでして……！」

「私的ってお主まさか……めいどの格好を……」

「こ、個人的にですぅー！　ていうか狐神さんだって随分と仲が良さそうだと報告を受けましたけど!?」

「わし、あの店では何も買っとらんし……」

まあ、安野の趣味においてはさておこうとイナリは想像してしまった安野のメイド姿を頭の中から消し去る。ついでにあの店に今イナリの写真が飾られている事実についても知らんぷりである。

「えーとですね。本当はこっちです」

「おや、ほっくすほんじゃの」

「フォックスフォンですよ？」

「ほっくすほんじゃよな？」

「えっと、はい」

まあいいか、という顔になると安野はフォックスフォンのパンフレットを軽く叩く。

「実はですね、狐神さんの情報がすでに漏れ始めています。この前のパパラッチの件で全国規模で狐神さんの姿が流れましたからね……勘の良い人たちであれば関連付けてくるはずです」

「うーむ……」

「クラン『黒い刃』を一人で叩き潰す無名の新人。オークションに流れた不人気ダンジョンの武具。そしてダンジョンの難易度……合わせれば狐神さんに繋げることは、さほど難しくありません」

つまりクランを一つ潰すような新人であれば東京第四ダンジョンを一人でクリアしてもおかしくはない。そんな新人であれば是非欲しい……ということらしい。

そしてそう考えているのはタチの悪い連中だけではなく、大小様々なクランでも同様なのだ。

先程の動画の「ジェネシス」や東京第四ダンジョンの大規模攻略を請け負っている「閃光」もその一つであり、恐らくはこのどちらかが最初にイナリの情報に辿り着くと思われた。

「そうなれば、始まるのは激烈なスカウト合戦です。今は警護課がこの近辺に居ますが、遠からず抑えきれなくなります。そこで、コレなんです」

そう、イナリが秋葉原のフォックスフォンで覚醒者フォンを買った話は当日いなかったフォックスフォンの社長に伝わっていた。当然その容姿についても伝わっていたどころか、イラストが妙に上手い店員による渾身の似顔絵が渡されていた。結果として、フォックスフォンの代表取締役はとある決断をして覚醒者協会に問い合わせをしていたのだ。

「フォックスフォンは、狐神さんをイメージキャラとして起用したいと考えています。そこで協会としてもこれを隠れ蓑《みの》にしようと考えています」

「うむ？　隠れ蓑とはいうが、わしが表に出るだけの話にしか聞こえんのじゃが」

「いいえ。フォックスフォンのイメージキャラとしての姿が先行することで、狐神さんが一人でどうこうという話ではなく、フォックスフォンの強力なサポートがあったと思わせることが可能ですから」

そう、フォックスフォンは覚醒者の立ち上げた企業の中でもかなり力がある企業だ。当然社員も全員覚醒者であるからこそ、そちらのサポートも充実。フォックスフォンの社員はそこら辺の覚醒者よりも強い者が多い精鋭集団に仕上がっているのだ。

そこに「実は狐神イナリはフォックスフォンのイメージキャラでした」という情報をぶち込んだらどうなるか？

「そうなれば当然、『狐神イナリはフォックスフォンが大事に育てた覚醒者』というイメージがつきます。これだけで、それなりの抑制効果があると協会では試算しています」

「ふうむ、なるほどのう。わしが客寄せになることで、あちらさんを盾に出来るというわけじゃな」

「そういうことです。フォックスフォンとしてはイメージキャラとしての広報に協力してもらえれば、特に活動に制限は設けないとのことでした」

悪くはない。確かに悪くはない話だとイナリは思う。あの店でも色々と世話になったし、これは別に受けても構わない話だ。特に活動に制限がないというのは良い。とても大切なことだ。

クランがどうのというのはイナリを仲間にしたいという話なのだろうが……今のところ、そういう一員になる気は全くないのだから。他に合わせてイナリが力を制限するのは、正直時間の無駄でしかない。

「うむ。ではその話、受けようではないか。その広報とやらで誰かと組んでだんじょんに行け、というのは無しじゃぞ？」

「あ、そういうのじゃないと思います。もっと可愛いと思うので」

イナリはその言葉に首を傾げてしまうが……まあ、これは最近の覚醒者ビジネスを知らないイナリの痛恨のミスではあっただろう。

まあ、通販番組や野球ばっかり見ているイナリが知るはずもないだろう。覚醒者ビジネスにおいてイメージキャラとは……すなわちアイドル的存在である、ということを。

◇◆◇

三日後の秋葉原。イナリとしては二度目になるが、朝の秋葉原はすでに人が多い。眠らない街となった秋葉原は、この時間でも様々な目的で人がやってきている。

工房での武具の受け取り、あるいは注文に修理依頼、消耗品の補充……誰もが真剣に、あるいは楽しげに歩いているのが良く分かる。

「メロンアックスは……あっちみたいだな」

「剛鉄匠の作品の委託販売ってマジネタなのか？」

「有り得ない話じゃないぞ。全国からの委託品があるのは事実だしな……」

何やら何処かから仕入れた情報を元にお店へ向かっている者もいるし「腹減った」などと言いながら食事処を探している者もいる。前回来た時と違うのは、呼び込みの人間がちょっと少なくなっているくらいだろうか？

「この前のジェネシスの動画見たか？」

「オークジェネラルの剣と兜のだろ。今東京第四ダンジョン凄いことになってるもんな」

凄いことになっているらしい。まあ、そうであればイナリはしばらく近づかないが……相変わらずチラチラと飛んでくる視線がどういう意味かについては、イナリとしてはなんとも判断しがたい。ただ、悪意のある視線は存在しないのでイナリとして全く気にせず歩いていく。

ちなみにイナリの手には、合計二つの紙袋に入った羊羹《ようかん》がある。ちょっとした手土産というやつだ。そして幸いにもフォックスフォンの場所は覚えている。大通りをまっすぐ進むだけなので非常に簡単だ。そうして歩いて、歩いて。『使用人被服工房』の看板が見えて、ちょっと立ち止まる。

「さて、と。まずはこっちじゃな」

まだ朝のせいか店の前にメイドは立っていないが、一歩店の中に入ればメイドがいる。

というか、エリがいた。

「お帰りなさいませお嬢さ……あ、イナリさん！　どうされたんですか⁉　おはようございます！」

「う、うむ。おはようじゃ。ほれ、この前世話になったからのう。手土産を一つ……最上屋の羊羹じゃ」

「え？　わあ、ありがとうございます！　皆で頂きますね！」

「うむうむ、そうしておくれ」

近くにいた別のメイドに羊羹の袋を手渡すエリだが、物凄く慣れた……こういうのを貰い慣れた動きである。

「……もしかしてよく贈り物をされたりするのかのう？」

「此処だけの話、すっごい貰います。怪しげなものも混ざってたりするので、鑑定スキルが大活躍です！」

「おおう……」

「それよりイナリさん！　執事長がイナリさんなら上級メイド（正社員）で雇いたいって言ってたんですけどどうですかね⁉」

「遠慮しとくのじゃ……」

先約もあるが、流石にイナリとしてはメイドになるつもりは一切ない。なんだか、あのヒラヒラしすぎた服は落ち着かないのだ。

まあ、そんなわけでメイドたちに「いってらっしゃいませー」と謎の挨拶で見送られながら『使用人被服工房』を後にしたイナリは、フォックスフォンの店の近くへ辿り着く。

（……そういえば、あっちのらいおん通信に行ったことはなかったのう）

道を挟んだ反対側のライオン通信は多機能らしいが、どうせイナリにはそんな機能が多くても使いこなせはしない。どのみち縁は無かったか……などと考えながらフォックスフォンの店に入ると、店内が一斉にざわつく。店員たちの視線が一気にイナリに集まったのだ。

「ようこそお待ちしてました狐神さん！」

「ひょえっ！」

そうして一斉に礼をするフォックスフォンの店員たちにイナリは思わず気圧されるが、進み出てきた一人の女に僅かな関心を覚える。出来る女といった風体の、スーツのよく似合う「カッコいい女」と呼ばれるタイプの人物だ。しかしイナリが興味をもったのはそこではない。

（……ほう。今まで会った中では一番強い気配がするのう。もしや……）

「ようこそ、狐神さん。弊社代表の赤井です。幸いにも今はお客様はいらっしゃいませんが……壁に耳あり障子に目ありと申します。此方へどうぞ」

「うむ、よろしくのう」

比較的大きなビルであるフォックスフォンの最上階丸々一つが代表室であるらしく、その一番手前の応接室にイナリは通される。秘書らしき人物の用意した茶を飲みながらイナリは、自分をじっと見ている赤井の視線に気付く。値踏みでもされているのだろうか……まあ、悪意のある視線ではない。そんなイナリに気付くと、軽く赤井は咳払いをする。

「では、改めまして。代表の赤井です。今回は弊社からの提案を受けていただき感謝します」

「狐神イナリじゃ。何処まで話を聞いとるか分からんが、此方としても渡りに船じゃったからのう」

「覚醒者協会から大体の事情は聞いています。完全に安全だ……などとは言いませんが、有象無象からの勧誘ははねのけられるでしょう」

「うむ、頼もしいのう」

覚醒会社フォックスフォン代表　赤井里奈、と書かれた名刺を受け取り……イナリはふと首を傾げる。

「覚醒会社……？」

「覚醒者が立ち上げた企業の場合はそうなります。税金とか……色々有利なんですよね」

「ほお、そんなもんがあるんじゃのう」

「ええ。クラン運営にもお金がかかりますので。余程戦闘で稼ぐ自信がなければ、何かしらの商売をするのが普通なんです。勿論、それにも相応の手腕は必要ですが……実のところ、この二つである一定のレベルまでいくと共通して必要になるもの。それが『イメージキャラ』なんです」

イメージキャラ。その起こりは、とあるクランのイケメン覚醒者がテレビに映ることで非覚醒者用のネットで拡散し大人気になったのが原因だとされている。

爽やか系のイケメンであったその覚醒者は雑誌の取材なども複数受け、そうやって彼自身のイメージが上がっていく中で、やがてクラン自体も彼のイメージで評価がグンと上がったのだという。

そう、まさに「たった一人の覚醒者のイメージ」がクラン全体のイメージを決定づけたのだ。

スポンサーやコマーシャル、その他グッズなど……信じられないくらいの金がそのクランに舞い込むことで、他のクランも「イメージキャラ」の重要性をこれ以上ないくらいに良く理解した。

立ち上げたばかりで資金の足りないクランでも、そうして金が舞い込めばステップアップは簡単だ。

つまりどうなるかというと……どのクランも、そして覚醒者の運営する企業も皆イメージキャラを出し始めたのだ。それは商業的には成功したりしなかったりしたが……自分たちの看板はこの人ですよ、と示す目的自体は成功したと言えるだろう。

実際、人気のイメージキャラは一般企業とのコラボなど、様々な仕事を得ていたりする。当然クランとしてもイメージキャラは自分たちの看板なので徹底的に支援するし、そうした様々な思惑が絡むものなのだ。

「言ってみれば、現代におけるアイドルとも言えるでしょう」

「あいどる」

「はい」

「あいどるっつーと、なんかこう、歌ったりしとるあれじゃよな？」

「ご安心ください。一目見てイケると判断しました」

「はぇー……」

なんかよく分からんがイケると判断されたらしい。イナリにはついていけない領域の話だが、本気でイナリを看板に据えようとしているらしいことだけは理解できた。

「あー、つまりなんじゃな？　わしに演歌だのじゃずだのを歌ってほしいというのかのう」

「いえ。ひとまずは写真を撮ろうかと。公式ページやパンフなどの広報用ですね」

「写真、のう……今さらじゃがわしの写真を撮ったところで誰が喜ぶのかのう」

「少なくとも私が喜びます」

「ん？」

「はい？」

聞き間違いかとイナリが首を傾げるが、目の前の赤井は非常に真面目な顔だ。冗談を言っているようには見えない。聞き間違いだろうか……？

「えーと、今お主が喜ぶと」

「はい。喜びます」

「……えーと」

「言ったではないですか、イケると判断したと。大丈夫です、老若男女のハートを撃ち抜きましょう。私はもう撃ち抜かれてます」

「う、うむ……」

頷きながらイナリは思う。なんかこう、とんでもないのと手を組んでしまったのではないか、と。

しかしまあ、一度受けた以上は全うするのが責任というものではある。

赤井が思ったよりなんかこう、『使用人被服工房』と凄いよく似た感じがするのはたぶん気のせいではないのだろうけども。

「狐神さんの装備は一級品だと伺っています。なら、写真もそれを活かす形で撮っていこうと思います」

「う、うむ」

「事前にお伝えした通り行動を縛るつもりはございませんが、こうした宣材の作成にだけ協力していただければ」

「まあ、それはやらせていただくとするかのう」

「ありがとうございます。それと当社のイメージソングも狐神さんが歌うものに差し替えたいと思うのですが、今のものが往年のロボットアニメ風になっているのでもう少し可愛さを活かしていきたいと考えてはいますがまずは現行の歌を」

「いやいやいや。ちょっと待つのじゃわしついていけてないのじゃ！」

――フォックスフォン、フォックスフォン♪　質実剛健頑強無比、タフなボディに未来が宿る♪強い味方だフォックスフォン♪――

「待てと言うとるに何故流したんじゃ⁉」

「ここまで来たらもう全部提案内容を勢いで押し切ろうかと」

「お主、お主……っ！」

思ったよりずっと無茶をやる。そんな風にイナリが思い始めたところで「まあ、冗談です」と赤井が音楽を止める。

「歌の刷新に協力していただきたいのは山々ですが、それについてはお時間に余裕がある時で構いません。我々はライオン通信と違って、常に誠実な対応を心がけていますので」

「う、うむ。よっぽど嫌いなんじゃなあ、お向かいの店が」

「ええ、嫌いです。連中は多機能とかいう言葉で覚醒フォンの本来の姿を失わせるゴミです。いずれ業界シェア九十パーセントをとって奴等を駆逐したいと思っています。あ、新曲は『倒せ悪のライオン帝国』とかどうでしょう」

「誠実は何処に消えたんじゃ……」

「これも冗談です」

「ホントかのう……」

まあ、嫌いなのは本当なのだろう。さっきは凄くイキイキしていた。ともかく、イナリの最初の印象よりは余程勢いのある人物であるということだけは確かだ。

「ちなみにこのビルには商品撮影などにも使っているスタジオがありまして」

「ん？ああ、さっきの写真の話じゃな？」

「はい。狐神さんの事情も考えますと、こういったものは素早い動き出しが大切です。ご協力いただけますか？」

なるほど、イメージキャラとして早々に公開してしまえば、そちらの印象で固定される……ということだろう。それは確かに大事なことだ。だからイナリは強く頷く。

「うむ。わしの益にもなることじゃ。疾《と》く動くとしようかの」

「ありがとうございます。私たちと組んだこと、後悔はさせません」

そうして差し出された手をイナリが握って握手すると、赤井は素早く何処かに電話をかけ始める。

「許諾は取れたわ！　カメラマンはすぐに準備！　ウェブ更新班の準備も出来てるわね⁉　順次始めていくわよ！」

「おお……」

なんだかドタバタと音が聞こえ始める中でイナリはテキパキと指示を出していく赤井を頼もしそうに見るが……これから大変になるのはイナリ本人で。フォックスフォンの中にある撮影スタジオに移動すると、赤井が中心になって指示を出していく。

「今度出す商品のモックは何処⁉　メイクは⁉」

「メイクいらないです！　ヤバいです！」

「モック持ってきましたー！」

ドタバタと走り回る社員たちだが、大分慣れた動きで続々準備が整っていく。撮影用のスクロールの目の前に立たされたイナリが覚醒フォンの試作品を手に微笑むとカメラのフラッシュが光る。どういうものかはイナリには全く分からないが、どうにもそれでいいらしい。

「いいですね！　あと何パターンかいってみましょう！」

「のう、赤井や。儂はよく分からんが、こういうものかのう？」

「こういうものです！　とにかく撮れるパターン全部いきますよ！」

「代表！　ウェブページ用の写真も撮ったほうがいいのでは⁉」

「狐神さんのご都合次第です！　いかがですか⁉」

「まあ、ええがのう」

「よし、どんどんいきますよー！」

フォックスフォンの面々のボルテージは上がっていくばかりだが、そこに水を差さないようにイナリも「おー」と声をあげる。

（なんだかめいどの店に雰囲気が似ておるのう。元気で良いことじゃ）

使用人被服工房の面々と、色々と違う部分はあるが似ている部分もある。もしかするとこれが秋葉原の人間の持つ独特の空気なのではないだろうか、と。イナリはそんなことを思っていた。

（しかし、何枚撮るのかのう？　そんなに使うところがあるのかの……？）

イナリには分からないが、撮った写真全部を使うわけではない。こうしてたくさん撮った中には当然ボツになるものもあるのだろうが、それはそれで別の何かに使用される可能性もある。とにかくたくさん撮って後から当てはめていく以上、素材の数は多ければ多いほど良い。そこに関しては、後からイナリに迷惑をかけないためのフォックスフォン側の配慮である。

そうして撮影された写真を元にフォックスフォンの公式ページのあちこちにイナリの姿が載ることに……新商品のＰＲ画像を含め載ることになったのは「なんかこうなる予感はしたのじゃ」であったらしい。

ともかく、こうしてイナリは「フォックスフォンのイメージキャラ」として盛大にデビューを果たしたのであった。

第5章　お狐様、決意する

―それでは本日のトレンドのコーナー！　今日のトレンドは、実にフレッシュ！―

―フォックスフォンの隠し玉にしてイメージキャラ！　狐神イナリちゃんです！―

―あー、私も見ましたよ。凄い美少女ですよね、彼女。あれ加工無しってほんとですかね？―

―確かに彼女のような隠し玉を育てていたなら、今までイメージキャラを設定していなかったのも分かる話ですね―

朝のテレビをつけるなりやっていた番組を見ると、イナリはなんとも言えない顔でチャンネルを変更する。

―えー？　イナリちゃんですか？　知ってます！　ちょーかわいい！―

―このようにフォックスフォンの公式ページに突如現れた狐耳少女の魅力にやられてしまったという人が東京でも急増中で……―

「……うーむ。狙いは成功したと言うべきなんじゃろうがのう。自分の顔がてれびに出とるのはなんかこう、面映《おもは》ゆいのう……」

そう、フォックスフォンの公式サイトの大刷新は結果から言うと大成功であった。

フォックスフォンの名に相応しく狐耳巫女な美少女の鮮烈デビューは即座に全国にあらゆる媒体

を通して拡散し、新商品と共にぎこちなく微笑むイナリの姿があちこちに広告としても載ることで拡散の勢いはもはや止まるところを知らなかった。

となればフォックスフォンには当然様々な依頼が来るが、フォックスフォン側がかなり精査をしているようだ。特にライオン通信が絡んでいないかはよく確かめているそうだが……さておいて、最初の目標である「イナリのイメージを作る」というものは達成できたと言っていいだろう。

今後イナリが何をやっても背後にフォックスフォンがチラつけば、大体の人間は「話題作りの何かでありフォックスフォンが背後にいる」と自分の中で納得させてしまうだろう。

「しかしまあ……良き方向に進んでおる。実に順調じゃ」

言いながらイナリが口に放り込むのは、オークから出た魔石だ。どうやら魔石は大きさによって得られる魔力が異なるようだが、オークだとゴブリンやウルフと差はないようだ。

―魔力が上昇しました！―

「さて、と。すてえたすとやらはどの程度変わったかのう？」

レベルも上がり、ウルフやオークの魔石も取り込んだ。これでどう変わるかといったところだが……表示されたステータスにイナリは「ほう」と声をあげる。

名前：狐神イナリ
レベル：18
ジョブ：狐巫女
能力値：攻撃E　魔力A　物防F　魔防A　敏捷E　幸運F

スキル：狐月召喚、神通力Lv8、狐神流合気術、神隠し

「ふーむ……魔力は変わっとらんが、魔防が上がっとる。『限りなくえーに近いびー』というやつじゃった……ということかの」

魔力Aに関しては、これで上限ということではないのは分かっている。となると、Aの更に上に行くにはまだまだ足りない……といったところだろうか？　他の数値が変わっていないのも似たような理由だろう。しかし、成長はしている。レベルが上がる度に、僅かな変化が自分の中に起こっているのをイナリは感じていた。

「さて、となれば次のだんじょんを予約せねばならんが……この状況じゃと、あまり選べんのう？」

スライムや巨大ネズミの出てくる下水型、東京第五ダンジョン。

リザードマンの出てくる沼地型、東京第六ダンジョン。

アンデッドの出てくる地下監獄型、東京第七ダンジョン。

人気がないのはこの三つで、特に東京第五ダンジョンと東京第七ダンジョンが人気がない。理由としてはなんか汚れるイメージがあるからだろう。沼地であるという理由だけの東京第六ダンジョンは、他の二つよりは人気があるようだ。そして意外なのが東京第九ダンジョンの人気の高さだが、これはつまりドロップ品として出てくる虫関連のアイテムが高く売れるようなのだ。

「うーむ……第七に行ってみるかのう。悪霊の類を祓《はら》うのは専門であるとも言えるしのう……」

予約しようと考え覚醒フォンを操作していると、ちょうど電話が着信する……フォックスフォンの赤井からだ。

『おはようございます。今お時間よろしいですか?』

「うむ、おはよう。何用かの?」

『ひとまずですが、もっと『のじゃ』の活用により可愛らしさを際立たせていくのは如何でしょう?』

「切ってええかの?」

『いえ、では本題を。実は秋葉原に新しいダンジョンが現れました。恐らくは臨時ダンジョンだと思われますが……今回は当社で対処を請け負うことになりました』

なるほど、話が見えてきたとイナリは頷く。つまり、そのダンジョンの攻略をイナリに依頼したいという話なのだろう。イナリとしては断る理由は何一つとしてない。

「つまり、わしがそのだんじょんをどうにかすれば良いのじゃろ?」

『はい。狐神さんはソロが好みと伺っておりますので、此方からはアイテムなどの支援になります』

「うむ、よう分かった。ではすぐ向かうのじゃ」

『……』

「む? 何か気になることでもあるのかの?」

『やはり分かったのじゃ、のほうが可愛かったのではと思いまして』

「さよか。では現地での」

電話を切ると、イナリは小さく溜息をつく。

「最近の『可愛い』はよく分からんのじゃ……」

現代文化の中でもかなり闇の部分ゆえに、それをイナリが理解する日がくるかは……まあ、不明である。

秋葉原。すっかり慣れてきたその場所は、いつもと違って緊張した雰囲気が漂っていた。

当然だろう、新しいダンジョンが現れたのだ。臨時ダンジョンであったとしても固定ダンジョンであったとしても、難易度は入ってみるまで分からない。

クリアしたとして固定ダンジョンであれば周囲の安全確保のために覚醒者協会が土地を強制的に買い上げる。そうなればダンジョンの種類にもよるが、地価にも大きな変動があるだろう。いまや覚醒者の街として復興した秋葉原だからこそ、誰もが「その後」を見据えている。

しかしまあ、イナリからしてみればそんな生臭い事情はよく分からない。

「空気が違う……誰もが不安を抱いている、ということかの」

まあ、不安を抱いている人もいるだろう。地価が下がったらどうしよう、とか。もし固定ダンジョンです、ってなったらお店どうなるかな……とか。ともかく色んな不安も混ざった秋葉原の空気を感じながら、イナリは現場へ向かって歩いていく。

大体の場所は聞いているが、覚醒者街の道のど真ん中に出来たらしいので迷うことなどない。

「ねえ、アレって……」

「いや、コスプレじゃねえの？」

「でもあんなクオリティ……え？　でも……」

歩いていくイナリを、駅前にいた恐らく野次馬しにきた一般人が囁き合いながら見ていた。動画を撮っている者もいたので、まあちょっとしたイベント気分なのかもしれない。当然テレビもやってきていて、あちこちで生放送をしているようだった。

「こちら現場の韮崎《にらさき》です。ダンジョンゲートの発生した秋葉原では御覧のように状況を見守る覚醒者の姿が多く見られます。情報によりますと今回の担当はクラン『フォックスフォン』になったとのことで、今話題の狐神イナリさんが挑戦するのではないかという予想も……え？　いた？　何処に？　あっ！」

「狐神さん、今の意気込みをお願いできますか⁉」

「一言お願いします！」

「不安に思う皆さんに一言！」

「やっぱり語尾は『のじゃ』ですか⁉」

「フォックスフォンの隠し玉とのことですが、是非その辺りについて……！」

凄まじい勢いで走ってくる各報道の現場中継チームに「ぬおっ⁉」とイナリは声をあげるが……まあ、一言くらいは構わんか……とリポーターの一人に視線を向ける。

「平和な街に突然だんじょんなどというモノが現れて不安なのはよぉく分かる。わしも最善を尽くす故、信じて待っていてほしいのじゃ」

「あ、狐神さん！　もう少しお話を！」

「すまんが待たせておるでのう。今言えるのはそのくらいじゃよ」

そう言いながら身を翻すイナリだが、変に追うわけにもいかない。何しろ彗星の如く現れた新しいアイドル覚醒者になりかねない美少女だ。

あの狐耳と尻尾が本物かをさておいても、キャラ立ちが物凄い。そして物凄い美少女だ。

今貰ったコメントだけでも人当たりの良さが見えており、数字も取れそうだ。出来れば独占取材といきたいが、そうなると此処で無理にコメントを求めるのは拙い。生放送だし。

そうした様々な計算が瞬時に働いた結果、イナリを見送ったわけだが……尻尾が揺れている後姿がなんとも絵になる。

……となると、ここでフォックスフォンに好印象も残しておきたい。

「なんとも頼りになるコメントでした！　謎に包まれた狐神さんの強さですが、専門家の見方では精鋭チームと共に最高の態勢で臨むのではないかという……」

まあ、そんなフォックスフォンに非常に好意的なコメントに終始していく。そうして歩いていくと、やがて厳重に警戒されたダンジョンゲートの近くまで辿り着く。急ごしらえの柵や人員配置で対応しているようだが、その正面に立っていた覚醒者が「あっ」と声をあげる。

「その姿……狐神さんですよね？　申し訳ありませんが、カードの確認を」

「うむ、ほれ」

「白カード……あ、いえ。お通りください」

「ご苦労様じゃ」

やはり初心者用の白カードが気になるのだろう、イナリとしてもその気持ちは理解できる。

理解できるが、それはそれだ。そのまま奥に進もうとすると……柵を囲んで見ていた覚醒者の一人が「待てよ」と進み出る。

「納得いかねえ……誰が来るのかと思えば白カードの初心者だと？　大手が組んでルーキーに実績プレゼントしようってか。そんなことが許されおーい！　何処行きやがる！」

「え？　わしに言っとるのかの？」

「他に誰に言ってると思えんだよ！」

「わしに言われても困るんじゃよなあ……わしだって頼まれて来てるんじゃし」

「それが納得いかねえってんだよ！　お前みたいなガキが身丈に合わねえ実績で飾ってイキってんのがなあ！」

キンキン響く男の声を聞きながら、イナリは「要はわしの強さに疑義があるってことでええんかのう」と首を傾げる。

「よく分かってんじゃねえか！　テメエみたいなガキ、俺からしてみれば」

腕を掴まれた瞬間。警備の覚醒者たちが動くより前に男の身体が宙を舞う。

「……へ？　ぐへあっ！」

投げられた、と男が気付いたのは地面に身体を強打してからだ。いつ投げられたのかも分からないまま男は取り押さえられ、イナリは掴まれた腕を軽く振るう。

「いかんのう、女子の身体に気安く触れては。つい投げてしまったのじゃ」

「す、すげえええええ！」

「イナリちゃん強い！」

「のじゃかわいいいいいいい！」

「うむ。ではのう」

手を振り柵の向こう側へと行きながら、イナリは思う。

（なんか赤井みたいなのがよく混ざっとる気がするのじゃ……）

気のせいである。たぶん、きっと。

◇◆◇

「おつかれさまです狐神さん、見てましたよ」

柵を潜り抜けた先、ダンジョンゲート前で赤井がグッと親指を立てていたのを見てイナリは「うむ」と頷く。

見てたならイナリがどうこうする前に仲裁に入ってほしかったような気もするが、まあどのみちあの短時間ではどうしようもなかっただろう。

「わしの短気を晒しただけという気もするが……まあ、どのみち何処かで起こった問題ではある気がするしのう」

「そうですね。イメージキャラを務める人にとっては、皆さん何処かで通る道のようです」

「妬み嫉みか。面倒じゃのー、いつの世もそんなもんばっかりが溢れとる」

「まあ、あんな男では当社の望む『かわいいきつね』は表現できませんけどね。妬みも嫉みもお門違いというものです」

「わし、それは初耳なんじゃが……」

「当社はフォックスフォンですから」

納得できるようなできないような。そんな感覚に陥りながらもイナリは「まあ、そう、かのう……？」と頷く。

「さて、それでは早速ですが攻略の前の確認を始めさせていただきたいと思います」

「うむ。ゲートの中に入ってクリアしてくればいいんじゃろ？」

「その通りです。多少の差異はありますが、基本的にダンジョンはボスを倒すことでクリアになります。一週間分の物資は用意しましたが、三日経過したら救援を兼ねた後続部隊を送り込みます」

言いながら、赤井は一つのリュックを差し出す。携帯食料に水、医薬品。そうしたものが入った大型リュックだが……それを受け取るとイナリは神隠しの穴に放り込む。

「アイテムボックス……！」

「そんなスキルを使えるのか⁉」

「なんてこった。とんでもない隠し玉だな……」

周囲にいた人々がざわつくが、赤井はニコニコとしている。以前会ったときに何が出来るかと聞かれて、神隠しを見せたからだ。初めて見た時はやはり驚いていたが、二度目ともなればポーカーフェイスを作るくらいは楽であるらしい。

「クランからの指示などは特にありません。好きにやってきてください」

「うむ、任せよ。さっさと片づけてくるでのう」

「お待ちしております」

軽く一礼する赤井に頷くと、イナリはゲートに入っていく。そうすると、不思議なことにイナリの足元の地面が消えて失せる。

「ひょ？」

いや、違う。ゲートを入った先に地面が無かったのだ。そのままドボンと落ちた先は、どうやら海。塩辛い水を飲んでしまったイナリはそこで目の合った魚顔と鱗肌の男を見て目を丸くする。

「ギイイイイイイイ！」

「がぼが……あー、うむ。そういうことじゃったか」

水の中を凄まじい速度で動き繰り出される銛《もり》を避けながら、イナリは狐火を放とうとして……しかし一瞬で消え去ってしまうのを見て「あー……」と呟きながら再度の銛を回避する。

「水中じゃもんなあ。わしが水中で喋るのとは訳が違うわなあ」

イナリの神通力は海中で喋ることを可能にするなど造作でもないが、水の中で火を灯すのはまた違う。狐火は、所詮火なのだから海中で出せば当然消える。

となれば、狐月を使うしかないが……刀だって弓だって似たようなものだ。海の中で振るうような武器ではない。そこまで考えながら、イナリは再度の銛を回避し、戸惑っている様子の魚男に人さし指を振ってみせる。

「水に落ちた獲物じゃと思うたか？　甘い、甘いのう。わしの神通力をもってすれば水中で動くも話すも朝飯前というものよ。まあ、わしは朝飯は食ったんじゃけども」

「ギイイイイイイ！」

「なるほど、お主の技はその銛で突くだけか。まあ、陸の生き物相手であればそれで充分なんじゃろうがのう」

しかしまあ、現実問題で言えばイナリのいつもの武器も技も封じられている。狐月も使えはするが、やはり海中で振るうようなものではない。

「うーむ……そうなるとまあ、仕方ないのう」

イナリはさっきから回避し続けていた銛を再度回避すると、魚男の顔面を掴みゴキッと一瞬で回転させる。「グエッ」という断末魔と共に魚男は消えていくが、ドロップした魔石も底の見えない海底へと落ちていってしまう。

「あー、もったいないのう。とはいえ仕方あるまい。斯様な場所に増援などとんでもないからのう……早めにぼすを仕留めるしかないのじゃ」

幸いにもイナリは神通力にて水中でもある程度自由に動ける。となれば、狐神流合気術とか名付けられた体術でどうにかするしかない。

（……しかし一撃で相手を屠る技は合気道ではない気もするのじゃが……あの武術家は一体何を修めとったんかのう……）

今となっては確かめる術もないが、別に確かめたところでどうなるわけでもない。

スキルとしてイナリの名前もつけられた以上、現在地上に同様の技は残っていないということなのだろうから。

「ギイイイイイ！」

「ギイイエエエエ！」

しかし、それに感傷的な気分になっている暇はない。すでに新手の魚男が二体、イナリに向かってきている。更にはその先にボスもいるのだ、こんなところで手間取っている暇などあるはずもない。

「さあ、かかってくるといいのじゃ！　片っ端から屠ってくれようぞ！」

そうして水中を自由自在に泳ぐ魚男たちと、同様に自在に泳ぐイナリの激闘が始まった。

まあ、激闘といっても魚男たちの攻撃をイナリが避けて「せいっ」とやるだけの一方的戦闘であることに変わりなく、ある程度やると魚男たちが現れなくなる。

それでクリアであるのならばいいのだが、そうではないとなればイナリとしても困ってしまう。

水の中で漂い、イナリは悩みながら海底の方角を見つめる。

「うーむ……困ったのう。今の魚男どもの中にぼすは居ない。新しく襲ってくる敵もなし。となれば探すしかないが」

しかし、何の手がかりもない。海底に行けばいいのか、それとも水上に上がって何かを探せばいいのか。その二択のどちらが正解であるかも、今のイナリには分からないのだ。

ただ、こんな何処まで続いているのかも分からない海底へと行くのが必須なダンジョンなど、人間にクリア可能であるとは、イナリには思えない。

確か人間が深い海底に行くには相応の装備が必要だとテレビで言っていたような記憶もあるし、覚醒者になったからといって深海に生身で行けるようになるとも思えない。なら、ヒントは海上にあるはずだと。そう考えてイナリはスイスイと海上へ向けて泳いでいき……「ぷはっ」と海面から顔を出す。

「なんともまあ。なぁんにもないのう？」

眩しい太陽と青空と、何処までも続く海。小島一つすらありはしない。となると、やはり海底なのだろうか？　そんなことを考えていたイナリは、何やら霧が出てきたことに気付く。それは、怪しげで濃い力を含むもので……そういう出現の仕方をするモノを、イナリはよく知っている。

「ああ、なるほどのう……幽霊船、というわけじゃな」

そう、そこに現れたのは巨大な帆船だ。妙にボロボロなその船が放つ怪しげな雰囲気は如何にも何かがありそうで、恐らくは先程の魚男をどうにかしつつ、この船に乗るのが正しいのだろう……とイナリは考えていた。実際、イナリに近づくと縄梯子《なわばしご》が甲板から降りてくる。

如何にも誘っているが、まあ別に問題はない。イナリは縄梯子をスルスルと登っていき、甲板に着地すると巫女服をトンと指で叩き一瞬で乾かしてしまう。

「うむ。これでよし、と」

そうしてイナリが周囲を見回せば、とくになんということもない、ボロボロの帆船であるように見える。もっと死霊がたくさんいるのではないかと考えていたイナリだったが、これは結構意外であった。

「怪しげな気配は満ちとるのに死霊の姿一つないとは。うーむ。まさか船の中にぎゅうぎゅうに詰まっとるとか言わんよな……？」

それはちょっと気持ち悪い。そんなことを思いながらイナリは甲板を歩く。

居ないというなら、ひとまず探すしかない。だから奥の方に見える船長室に向けて歩いていくが……太いメインマストの横を通り過ぎようとした、その瞬間。どろりとマストから何かが溶けだしてイナリを包み込むように襲って。しかし、即座にイナリが飛び退いたせいでベチャリと甲板に落ちる。そのまま動こうとした「何か」は、イナリの狐火で綺麗に焼かれて。

「ほおー……？　なるほどのう、そういう類の怪異かえ。とすると、先程の縄梯子も……」

イナリに向かってムカデか何かのように走ってくる縄梯子を視界の隅に捉えながらイナリは「狐月」と呼びかける。

「シュウウウウウウウウ！」

「良い偽装じゃったよ。わし相手でなければ、じゃがのう」

切り裂いた縄梯子から不定形の何かが剥がれ、イナリを襲おうとして……しかしイナリの放った無数の狐火に悲鳴を上げながら焼き尽くされる。

そして、それが合図になったのか船のあちこちから……いや、全ての場所から不定形のものが盛り上がるようにして現れ始める。

「おおっ⁉　こいつはなんとも……！」

それは当然のようにイナリの足元からも湧き出て、凄まじい量の不定形生物が甲板へとイナリを飲み込みながら現れる。アメイヴァロード。そう呼ばれる類の超巨大な水棲スライムだが、何かに寄生することで操るタイプの厄介極まりないモンスターだ。

今回は「大型船に寄生した」個体であり、本来であれば少しずつ被害者を取り込んでいくような、そんなスタイルであったのだろう。

だが、イナリが強く勘も良かったせいで出て来ざるを得なかった。それでも、こうして飲み込んだからには、もう確実に乗っ取ることができる……アメイヴァロードの勝ちだ。ただし、イナリが普通の覚醒者であったならば、の話であるのだが。

「秘剣・村雨」

「シュ、シュアアアアアアア⁉」

アメイヴァロードが悲鳴をあげ、イナリを甲板へと吐き出す。一体何が起こったのか……それはイナリの手の中にある、冷たい冷気を吐きだす狐月が原因であるのは明らかだった。

「その水飴の如き身体には、身を凍らす冷気はよく効くじゃろ？」

「シュアアアアアアア！」

「おお、寒いか。ならば暖めてやらねばのう？」

津波の如く覆いかぶさってこようとするアメイヴァロードを、イナリの放った巨大な狐火が連続で放たれ吹っ飛ばし続ける。

火炎と爆音。それが収まった時には、アメイヴァロードの姿は欠片も残ってはいない。

落ちてきた透明な珠のようなものをイナリがタイミングよくキャッチすると、ダンジョンクリアのメッセージが現れる。それは、このダンジョンが臨時ダンジョンであることをこれ以上なく明確に示すものだった。

——【ボス】アメイヴァロード討伐完了！——

——ダンジョンクリア完了！——

——報酬ボックスを手に入れました！——

——ダンジョン消滅に伴い、生存者を全員排出します——

◇◆◇

イナリがダンジョンに入った後、赤井はダンジョンの隔離区域前でクラン「フォックスフォン」のマスターとしてマスコミを前に会見中だった。

「……と、このように万全のサポート態勢の下に今回のダンジョンを攻略中です。安心して普段通りの生活をしていただくようにお願いいたします」

「中央テレビの韮崎です。今回ダンジョンに挑戦されている『狐神イナリ』さんはフォックスフォンの秘蔵っ子と伺っていますが、具体的にどのような方なのでしょうか？」

「詳しいプロフィールは本人希望により非公開です」

「実は新人だという情報も入っていますが」

「活動期間が実力と比例するわけではないのはよくご存じと思われます。彼女に関してもそうであるということです」

とにかくイナリのことを探ろうとするマスコミの質問を躱していると、赤井の下に慌てたように一人の覚醒者が走ってくる。そうして囁く内容に、赤井もギョッとしてしまう。

「えっ、あ……本当？」

「はい、つい先程」

それを聞くと、赤井はマスコミへと真正面からキリッとした表情を見せる。

もうこんなところでグダグダと会見をしている暇はない。だからこそ、一言で終わらせるつもりだった。

「本日発生したダンジョンですが、たった今クリアに伴う消滅を確認しました。これに伴い臨時ダンジョンであると確定し、秋葉原の安全が確保されたことをお知らせいたします。では、私は事後処理がありますのでこれにて」

「あ、待ってください赤井さん！」

「この驚異の攻略速度について……！」

聞かれたって答えられるはずもない。赤井だってこんなに凄まじい速度で攻略してくるというのは想定外なのだ。覚醒者協会から強いとは聞いていたが、此処まで強いとは聞いていなかった。

（凄く簡単なダンジョンだったとしても、この速度は速すぎる……！　いえ、でも逆に考えれば、それほどの相手と私たちは組めた。それは今後の大きい利益になるわ……！）

強い覚醒者がいるというのは、それだけでクランの立場を強くする。今回は簡単だったのかもしれないが、今後東京第一ダンジョンのクリアすら可能かもしれない。

そんな未来を考え微笑んだ赤井は……イナリの前の机に丁寧に置かれていた大きな珠を見てギョッとする。

「おお、赤井ではないか。何やらてれびの相手をしていたとか」

「そ、そそそそ……！」

「蘇我馬子？」

「ではなく！　そ、その珠は……もしかしてアメイヴァの核ですか⁉　そんな大きな……え、狐神さん。貴方一体何を倒してきたんですか？」

「何って言われてものう。あめいばろおど、らしいぞ？」

「アメイヴァロオオドオオオオオオ⁉　え、アメイヴァって、あの寄生型モンスターの……ロード級を⁉　そんなの世界を見渡しても討伐記録がありませんよ⁉　そんなのを、え？　この時間で？」

「うむ」

「あの、ちなみにどんなダンジョンだったんでしょう？」

その後、説明を聞いた赤井はぐったりと用意された椅子に座り込んでいた。

入るなり海に落とされる初期転送に、海の中から襲ってくるマーマンの群れ。救いのように現れた幽霊船……に偽装した、船そのものが罠で腹の中な、大型帆船に寄生したアメイヴァロード。

一つだけでも……というか転送された瞬間に全滅しかねない罠、そこを生き残ってなお全滅必至なボスの罠。どうしようもないくらいに初見殺しだ。ハッキリ言って、赤井を含む「フォックスフォン」のどのメンバーが行っても死んでいただろうし、準備すればするほど死にやすくなる悪夢のようなダンジョンだ。臨時ダンジョンで本当に良かったとしか言えない。こんなものが固定ダンジョンになっても、大規模攻略の担当をしてくれるクランがいるとも思えない。まあ、それに関してはイナリがクリアしてくれたので頭を悩ませる必要はない。ない、のだが。

(影響力が大きすぎる……！　これをそのまま発表したら大騒ぎじゃすまないわよ……！　幾らなんでもアメイヴァロード……!?　それも核がドロップ!?)

赤井が鑑定していた覚醒者に視線を向ければ、その覚醒者も冷や汗をダラダラ流しながら「アメイヴァロードの核です……」と頷く。それに赤井はフッといい笑顔で頷き返して。

「……ま、いいか。どうせ十大ギルドとやり合うのは織り込み済みでしたし。もうちょっと時間は欲しかったですが……」

「何やら黄昏とるのう」

「ハハハ……いえ、ちょっと狐神さんが事前の想定より凄くて。いえ、良いことなんですけれども」

「おお、そうじゃったか。と、そういえばコレもあったんじゃったな」

言いながら、イナリは机の上に置いていた報酬箱を持ち上げる。

おそらくアメイヴァをイメージしていると思われるデフォルメキャラが描かれた最悪に可愛くない包み紙の箱を見て、赤井は鑑定役に再び視線を向ける。

「えーと……『アメイヴァの報酬箱』らしいです」

「何ですか、その報酬箱……聞いたことないんですけど」

「称えられるべき業績とかいうやつの成果らしいのう。どれどれ……」

イナリが箱を開けると、中から飛び出してきたもの。

それはアメイヴァロードの核が霞《かす》んでしまうほどに世間を揺るがす、そんな物であった。

◇◆◇

翌日。オークションに出品された二つの品に覚醒者たちは大騒ぎであった。

当然だ。今まで一度も出品されたことのないような品が出ているのだ。しかも覚醒者協会主催のオークションで、日本本部による代理出品だ。

つまり……詐欺ではない。そして「品」が確実に保証されている。一見信じられないような出品内容も、現実であるということなのだ。

だからこそ十大クランの一つ『ジェネシス』のマスター、竹中は頭を抱えていた。そう、まるでついこの前の『閃光』のマスター、星崎のようにである。

「マスター、このオークション……一体どうすれば？」

「すでに凄い額になってますよ……！」

クランメンバーに聞かれても、竹中にしたところで正しい答えなど分かりはしない。

「アメイヴァロードの核……それはまだいい。いや、良くはないが……問題なのはもう一つだ」

今回出品されたアイテムは二つ。一つはアメイヴァロードの核……イナリがドロップさせたものだ。

元々アメイヴァの核とは魔法的な素材として有名であり、しかしその厄介さと核のレアさから値段は高くなる傾向にある。普通のアメイヴァの核ですらそうだというのに、未知のモンスター「アメイヴァロード」の核だ。それを使えば一体どんな凄いものが出来上がるのか想像もつかない。

しかし、それはまだいい。問題はその次だ。これに比べたらアメイヴァロードの核すら霞んでしまう。

「古代王国の杖、だって……⁉　くそっ、此処に来て新しい『セット装備』が現れるなんて！」

そう、前回のオークジェネラルシリーズと同様、これはどうやら「古代王国」シリーズの装備であるらしいのだ。

組み合わせ対象となるアイテムはまだ出現してはいないが、揃えば相当な力を発揮するのは間違いない。そして何より覚醒者協会の評価は「中級中位」。一線級である「中級下位」を超える、実質上のエース装備と考えていい。ならばセットが揃った時にはどれほどのものになるのか……？

それを考えれば、古代王国の杖の価値は計り知れない。

魔法系の遠距離ディーラーであれば何が何でも手に入れておきたいし、それは竹中も同じであった。

(使える予算は幾らだ？　くそっ、前回のオークジェネラル装備に使い過ぎた。四十じゃ落とせない。となると……くそっ、使い過ぎれば年間計画に支障が出る……！)

「マ、マスター！　入札額が一気に七十億に上がって……！」

「はあ⁉　だ、誰だそんな額を……」

「にゅ、入札IDはbracwitiです」

「その頭の悪いIDは『黒の魔女』だ！　アイツ……ソロだからってこんな額を……！」

黒の魔女。そう呼ばれる日本での魔法系ディーラーの上位三人のうちの一人のことを思い浮かべながら、竹中は悔しさで拳を握る。これは意思表示だ。絶対に自分が落とすという、他のライバルへの宣言をする為の高額入札なのだ。そして実際、ここから一億足したところで黒の魔女は平気で更なる入札を重ねてくることだろう。

「……僕たちはこのオークションからは降りる。幸いにも収穫はあった、無理をする必要はない」

しばらく考えてから、竹中はそう判断を下す。このオークションは勝っても負けてもクランへの影響が大きすぎる。竹中が欲しいからという理由で勝負するわけにはいかない。だが、それで終わりではクランマスターは務まらない。

「収穫、ですか？」

「ああ。今回の出品のタイミングからみても、前回のオークジェネラルも、そして今回のアメイヴァロードも……秋葉原の臨時ダンジョンを攻略した『狐神イナリ』という子で間違いない」

「こがみ……ああ、あのコスプレの！」

クランメンバーが納得がいった、という風に頷くのを竹中はフッと笑う。考えが浅い。そう思わざるをえなかったからだ。あれだけの実力のある覚醒者が、ただのコスプレであるはずがない。しかも裏に居るのはあの覚醒フォン大手の「フォックスフォン」なのだ。

「ただのコスプレと断じるのは早計だよ。僕も直接見てないから何とも言えないけど、狐耳、しっぽ、そして巫女服。まるで最初からそういうセットであったかのように違和感がない。つまり、アレはフォックスフォンが秘蔵していたセット装備であるとは考えられないかい？」

「えっ⁉」

「ど、どういうことなんですかマスター！」

「分からないかい？　中級下位のセット装備、そして中級上位のセット装備となるアイテムを簡単に放出する躊躇いのなさ……これはとある事実を示している」

　この狐神イナリという少女、あるいはフォックスフォンは中級上位のアイテムですら「必要ない」と即断できてしまう……ダンジョン攻略の速報とオークション出品までの時間を考えれば、恐らくクラン内で検討すらしていない。それには、そう出来るだけの理由があって当然だと竹中は考える。

「つまり……彼女の装備は上級下位のセット装備であると考えられるんだ！」

「な、なんですって⁉」

「本当ですかマスター！　それが事実なら世界がひっくり返りますよ！」

「まだ分からない。けれど、正解に近いと僕は考えている」

　ザワつくクランメンバーたちをそのままに、竹中は考える。恐らく、この予想に至ったのは自分だけではない。しかし……そうだとすれば「狐神イナリ」は装備頼りの覚醒者とも考えられる。

　まあ、上級下位のセット装備を持っているのであれば、あるいはアメイヴァロードにも簡単に勝てるのかもしれない。

（そうであれば、引き抜きに意味はない。装備はクランのものだろうしね。しかしフォックスフォンとの協力関係を築ければ……いや、彼女を看板にすると決めたのなら、易々とこっちに利する真似はしないだろう。なら、まずは友好関係から構築するべき、か……？）

　なんか合っているようにも見えて盛大に間違えている、そんな予想を立てたのが竹中だけかは分からない。分からないが……その頃イナリは、ブラザーマートでふりかけの袋を見て感動の声をあげていたりしたのである。

「おお、よもや此処で再びコレに出会うとは……」

ブラザーマートの食品コーナーに置かれていたふりかけの袋。何処にでもあるようなものだが、イナリにしてみれば「見たことはある」程度のものであった。海苔タマゴミックス味、たらこ味、ごま塩……まあ、定番商品ばかりだ。しかしだからこそ、イナリの心に強く突き刺さった。あの時の憧れの味が今……状態である。

「あの時はふりかけなんぞ見てるだけだったからのう……ふふ、今ではわしにも買える。なんとも嬉しいもんじゃのう……ふふふ、どれを買おうかの？」

それはイナリ的には「ふりかけご飯のお供えなんかなかったし、そもそも供えられても食べられるわけでもないし。人が居なくなってからはなおさらそういうの無いし、堂々と買い物できるのっていいよね」的な意味であるのだが、雑誌コーナーで立ち読みしてた客とか、近くにいた客とか、あるいは店員がどう思うかといえばまあ……イナリの意図するところとは全然別である。

（うっそだろ……ふりかけすら食べられないなんて、あの子……どんな生活を……？）

（いや、ふりかけなんか食べない超お嬢様だったのかも……え、じゃあ今は……没落……？）

（いっぱいふりかけご飯食べてほしい……）

なんかこう、よく分からんけどふりかけを食べれないような環境に今までいた子、である。うん、ここだけ見れば間違っていないのが恐ろしいところだ。さておいて。

イナリは自分に向けられ始めた温かい視線に「な、なんじゃ……？」と疑問符を浮かべてしまうが、特に害意もない、むしろ好意的な視線だったので放っておくことにする。

「ううむ……海苔タマゴミックスは買うとして、こっちの梅シソはどうするかのう……カツオ味も気になるのう。いっそ全部買ってしまうか？　しかし一袋二百円……五種買えば……えーと幾らじゃ。そんなに贅沢をしてええもんかのう」

そんなもの百個買ったところで塵のような感覚になるくらいはイナリは稼いでいるのだが、残念なことにその辺の感覚的なものが庶民の域から抜け出ていない。勿論自分がお金を稼いだことは知っているが、金銭に頓着していないので実はイナリ、残高を「えーと……いっぱいじゃな」でしか認識していないのだ。しかしまあ、ふりかけを全種買ったところで問題がないことくらいは認識できている。この店舗を丸ごと買い取っても全く問題ない程度だという認識はないが。

「うむ、決めたぞ。此処は海苔タマゴミックスだけを買う……！　あれもこれもと気移りしてはふりかけに失礼じゃからの……！」

そうしてレジにふりかけを持っていって覚醒者カードで会計をしたイナリは、意気揚々と家へと帰っていく。

そうしたら手をしっかりと洗って、米を研いで……炊飯器にセットするとにっこり微笑む。

これが炊けた時が、いよいよ待ち望んだふりかけの時だ。

一体どんな幸せが待っているのか。想像しながらふりかけの袋を持って尻尾を左右に揺らしていたイナリだが、かかってきた電話の音に「む？」と声をあげる。

ふりかけを丁寧に置き、電話の相手を確かめる……どうやら赤井のようだ。

「もしもし、わしじゃよ」

『狐神さん、おつかれさまです。今お電話大丈夫ですか？』

「うむ、平気じゃよ。飯が炊けるまでにはまだ時間があるでのう」

『ありがとうございます。実は先日の臨時ダンジョン攻略の件に関するお話なのですが』

「うむ？　何か問題でもあったかの？」

『問題がないのが問題といいますか……予想通り、様々なクランからイナリさん宛の申し入れが届いています』

そう、秋葉原の臨時ダンジョンの超速攻略はテレビ中継されていたこともあり各社トップニュースで報じられた。しかし細かい部分は公式発表されていないため「クラン『フォックスフォン』がクリアした」ことは知られていても、具体的にどういうメンバーで攻略したかは知られていないのである。勿論イナリはイメージキャラではあるが、まさかイナリ一人で攻略したとは世間一般の人々は思っていない。

そういった情報は現場の情報を知ることのできる大規模クランや中小規模でも情報力のあるクランなどの選ばれた人物は知っているし、あるいは想像がついていたりするが……それでも正確な「狐神イナリ」という覚醒者の情報を掴むには至っていない。しかしイナリが関わっていることが分かればそこから辿ることは出来る。辿らずとも、ひとまず会ってみようかと考えるのは当然の流れだと言えるだろう。

まあ、そんなわけで各クランはイナリに会いたいという申し入れをフォックスフォン宛にしたわけだが。実のところ、問題はそこではなかった。

『クランの相手自体は此方で出来るのですが……狐神さんの判断を頂きたいものもありまして』

「わしの？　何ぞあるのかえ？」

『はい。実は……狐神さんのグッズはないのかという問い合わせが結構来ておりまして。この機会にフォックスフォンとしても大規模な製作販売に踏み切りたいと考えています。早速案がたくさん上がってきておりますので、一度打ち合わせをしたいのですがご都合はいかがでしょうか？」

イナリはそれを聞いて、自分の中で赤井の言葉の意味を反芻《はんすう》する。

三秒ほど、たっぷりと反芻して考えて。

「……もっと分かりやすい言葉で頼むのじゃ」

『狐神さんのかわいいグッズをたくさん売ってお金いっぱい稼ぎたいです』

「うむ、正直じゃのう……」

イメージキャラなんていうものを引き受けた以上、断る選択肢はないのだろうな……と。イナリは遠い目をしながら考えていた。

◇◆◇

さて、そんなわけで翌日。すっかり行き慣れた秋葉原にイナリは降り立った。

今日も朝早くからの到着だが、前回と違う点は人の視線が前回以上に突き刺さり、どれも凄く好意的であるという点だろう。

「ねえ、あれってやっぱり……」

「だよね。イナリちゃんだ。わあ、アレってCGとかじゃなかったんだ……」

「幻覚系スキルでも無さそうだよね。凄い……」

何やら話している声からすると「フォックスフォンの狐神イナリ」を知っている面々と思われた。他の面々も同じようで、「イナリちゃん」という声があちこちから聞こえてくる。

まあ、好意的に見られる分にはイナリとしても構わないのだが「イナリちゃん」呼びはなんともむず痒《がゆ》い。むず痒いが……わざわざ「イナリちゃんと呼ばないでくれ」と言うのも違う気がする。

余程の悪意が混ざっているのでなければ、人が自分をどう呼ぶかはその人に委ねるべきだとイナリは考えているからだ。

まあ、そもそもからして「イナリ」の名前もシステムが勝手につけたのだから呼び方がどうのなど、今更すぎる話でもある。それに……「ちゃん」付けされるのも、イナリとしては分からないでもないのだ。その主な理由は、秋葉原にでっかく掲示されているフォックスフォンの広告看板のせいだ。

イナリもオススメ、フォックスフォンの最新スタイル！

王道を征くお主の相棒に選んでほしいのじゃ♪

そんな看板がフォックスフォンの最新機種を持ったイナリの写真をデカデカと使って掲示されているのだ。ちなみにイナリはそんなことは言っていない。でもどんな風にしましょうかと聞かれて

「わしは素人じゃし、そういうのは任せるのじゃ」とは言った。結果がアレである。

（まあ、アレを見た者が「ちゃん」付けするのも……理解はできるのう）

だから、特に気にせず歩いていると……「あのっ」と声をかけられる。

声をかけてきたのは覚醒者の少女が二人。一人は剣士、一人は魔法系の遠距離ディーラーのようだ。しかし、イナリに何の用だというのだろうか？　もし仲間になってくれという誘いであれば断ろうと思いながらイナリは「わしに何か御用かの？」と聞き返す。すると……返ってきたのは予想外の言葉だった。

「い、一緒に写真撮ってくれませんか⁉」

「なぬ⁉」

「フォックスフォンのサイト見て、もうすっごい可愛いねって話してて……！　覚醒フォンもフォックスフォンに機種変したんです！」

「お願いします！　ＳＮＳに上げたりはしませんので！」

「お、おお……そうじゃったか。それは有難うのう」

ええすえぬえす、が何かはイナリには分からない。フォックスフォンでも教わってはいないからだ。さておいて、なんだかイナリのファンであるのは確実であるし、自分の影響で覚醒フォンを購入したとまで言われては、イナリとしても無下に出来るはずもない。イメージキャラとしても、人としても、そうするのが正しくないことなどは当たり前に過ぎるだろう。まあ、イナリは人ではないけども。とにかくそういうことであれば、とイナリは優しく二人に微笑みかける。

「まあ、写真くらい構わんよ。一緒に、ということは誰かに頼まねば……」

「お困りですか⁉」

「ぬ⁉　その声は！」

聞き覚えのあり過ぎる声にイナリが目を向ければ、そこにはメイドが……五人いた。

「秋葉原でああ困った、そんな時！」

「優しく頼れる、そんな存在でありたい！」

「荒みがちな生活に安らぎを！」

「趣味と実用の両立に完全回答！」

「世界のために今日も征く！」

五人のメイドは流れるような動きでポーズを取り、ビシッと決める。視線まで完璧な辺り、相当な修練を積んだことが窺える。

「『使用人被服工房』メイド隊！　ただいま参上です！」

瞬間、周囲の人々がドワッと沸き上がる。待ってました、と言わんばかりの歓声に口笛まで聞こえてくるあたり、どうにも皆慣れている感じがある。

「イナリさん、おはようございます！」

「うむ……朝から元気じゃのう」

「これもお仕事ですから！　あ、それとフォックスフォンのイメージキャラ就任おめでとうございます！」

そう、使用人被服工房のエリと、その同僚たちである。武具を見る限り、全員ジョブが違うようだが……全員、エリ同様の実力を持つようにイナリには見えていた。つまり、結構鍛えられているということだ。

「うむ、ありがとうのう。それで、えーと……何の話じゃったか」

「写真ですよね⁉　私たちが思い出に残るモアベターなものを撮らせていただきます！」

「ちなみにベストと言わないのは押しつけがましいのはよろしくないというメイド精神です」

「う、うむ」

もえばたあ、とは何じゃろか、とはイナリは言わない。なんかこう、流れに任せた方がいいような気がしていたからだ。あと「もえばたあ」とか言ったが最後エリが「萌えバター」と聞き取ってテンションを謎に上げただろうし下手をすると新商品が出来上がっていただろうから、イナリの直感は実に正しかった。

「そちらのお二人も如何ですか？　よろしければ私たちに思い出作りのお手伝いをさせてくださいませ！」

「え、あ、あの……お願いします！」

「嬉しいです！　あ、あの。良かったら皆さんとも写真を」

「大歓迎です、お嬢様！」

「皆様ー！　申し訳ありませんがお嬢様たちの思い出作りにご協力頂けると嬉しいです！」

そんなこんなでメイド隊の仕切りで少女たちの思い出が作られた……のだが。

他の誰かが「自分も」と言い出す前に約束があるからと抜け出せたのは、これまたメイド隊の見事な仕切りによるもので。

「うーむ。なんかまた世話になってしまったのう……」

イナリはそんなことを言いながらも、なんとかフォックスフォンへと辿り着くのだった。

◇◆◇

フォックスフォンの代表室。もはやイナリは顔パスであるが……広いその部屋のふかふかのソファーに座りながら、イナリは頭を抱えていた。その原因は、山のように積まれた企画書と、ズラリと並んだ試作品の数々である。

「いかがですか？　持ち込み企画に社員からの企画……どちらも凄い熱の入りようです」

満足げな顔で言う赤井に、イナリはどう答えたものかと言葉を選ぶ。

まあ、熱意は分かった。物凄く分かった。何故もう試作品があるのかは分からないが、出来がいいのもよく分かる。しかし、しかしだ。

「何ゆえわしの小さな像があるんじゃ？　それも複数あるように見えるんじゃが……」

「はい。こっちはアクスタでこっちがフィギュアですね。企画だけなら似たようなのが幾つかありますけど、この二つは製作系の覚醒者が一晩でやってくれました」

そう、机の上に載っているのは両面アクリルスタンドと呼ばれるタイプのグッズと、小さく精巧なフィギュアだ。公式サイトの画像を参考にしたのか、笑顔が実に眩しい。

「よう分からんが、この『あくすた』と『ひぎあ』を欲しがる者がいる……と？」

「はい。過去の事例からいっても人気の覚醒者のものは結構売れます。詳細な図案は狐神さんの了承と監修を受けてからの予定ですが、まずは予約生産とするつもりです。あとは定番商品も押さえていくつもりですが具体的には……」

そこから赤井の説明が詳細に続いていくが、イナリの頭はもういっぱいいっぱいである。何を聞かされても「うむ」しか言えない状態にされてしまいそうだ。だから、イナリは途中で「ちょっと待ってほしいのじゃ」と赤井を止める。

「はい。休憩にしましょうか？」

「いや、わしには正直まーったく分からん！　たとえばこの『くりあはいる』一つとっても分からんのじゃ。理解する努力はするが、誰がどういう理屈で何を欲しがるのか今のわしには理解できん。こんなわしが話を聞くよりも、赤井に任せた方が良いと思うんじゃ」

「……ふむ。そういうことでしたら、私の方で検討して出したいと思います。狐神さんのほうで、出しても問題ないかだけチェック頂けますか？」

「うむうむ。それで構わん。いや、申し訳ないのう」

「いえ。そうなりますと……」

赤井は言いながら、書類や試作品の山を手がぶれるほどの速度で仕分けしていく。その人間離れした動きに「そういえば赤井も覚醒者じゃったのう……」などと思い出す。

そうして選び出されたのは、すでに試作品もある両面アクスタとフィギュアがリアルとデフォルメで二種。クリアファイルにキーホルダー、そして狐耳カチューシャとテーマソングである。

「こんな感じでいかがでしょう？」

「わしは歌わんぞ」

「え⁉　横文字が凄い怪しいから押せると思いましたのに何故⁉」

「わしだってそんぐが歌だってことくらい知っとるわい。わしの歌なんぞ世界に披露してどうするんじゃ」

「絶対ウケますって！　販売数一位も余裕ですよ⁉」

言いながら赤井はサッとプレイヤーを取り出し再生を始めてしまう。

—コンコン♪　かわいい狐のかわいい—

「せいっ！」

「あっ、なんで止めるんですか⁉」

「なんじゃコンコンって！　あとわしに自分でかわいいとか歌わせるつもりかえ！」

「いいじゃないですか！　私は是非歌ってほしいです！」

「それにしてもこの歌はないじゃろ」

「そんなにお嫌ですか……狐神さんの歌で救われるものがあるんですけども」

「何が救われるか言ってみるとええ」

「ヒット間違いなしの歌に関わる関係者の生活とか」

「ぬう、嫌なところを突いてきよる……！」

しかし嫌なものは嫌である。何故「コンコン」とか歌わなければならないのか。演歌を歌えと言われたならちょっと本気で考えたものを。まあ、今の時代でどんな歌がどの程度ウケるかは分からないのでそんなことは言えないのだが。

「まあ、仕方ありません。歌については再度歌詞と曲調を検討し提案しますね」

「諦めるって選択肢はないんじゃのう……」

「そりゃまあ、歌自体がお嫌いであれば諦めますけども」

「うーむ。そういうわけではないがのう」

「それに、こういうのは本人のスタイルを加味した方が良い物が出来上がるのは確かなので……黒の魔女の『深淵の闇より出でよ』を聞かれたことは？」

「ないのう……」

「一度聞いてみるといいですよ。自己愛の化身みたいな歌ですから。凄い脳に残ります」

「聞きたくないのう……」

そもそもイナリとしては「黒の魔女」とか言われても「誰？」という感じではある。覚醒者であれば誰でも知っているレベルには有名だが、イナリは覚醒者にそもそもあんまり興味を持っていないので知らないのだ。

「ちなみに秋葉原だと有名な『使用人被服工房』でも歌を幾つも出してますよ。最新曲の『GOGOメイド隊！』は結構な売り上げを記録してます」

「覚醒者はあいどるじゃったかのう……」

「アイドルみたいなものですよ。世界の平和と笑顔を守るスーパーアイドルです」

「……ふむ。そういう考え方は嫌いではないのう」

覚醒者という強い力を持つ者が自分たちという存在をカッコよく、かわいくアピールする。それもまた、現代社会における上手いやり方なのだろうとイナリは思う。

「というわけで狐神さんもファーストライブを目指しましょう」

「そのフリフリの図案を引っ込めい……！」

まあ、イナリがやるとかそういうのは、話は別なのだけれども。

◇◆◇

そんなグッズ会議から数日後。東京第五ダンジョンをアッサリとクリアしたイナリは、戦利品を前に驚愕で口を開けている職員の前で電話を受けていた。その顔も、職員に似て驚いた表情だ。

「えーと……すまん。よく聞こえんかった」

『全てのグッズが予約だけで予定生産数に届きました。かなり多めに見積もったつもりなんですが、先程二次生産分の予約受付を決定しました。フィギュアなんかまだデザイン公開してもいないのに『予約させろ』という要望が凄いです』

「裕福な人が多いんかのう……」

『良いことじゃないですか』

「そうじゃのう」

なんかよく分からないが、予約受付した分のグッズが予約分だけで完売になったらしい。イナリとしては「何故?」という話ではあるのだが、そう思ってしまうのはイメージキャラに選ばれるような覚醒者という現代社会のアイドル事情をイナリがまだ理解できていないということではある。仕方ないけれども。ともかく、なんだか凄いことになっているらしいことだけはイナリも理解できた。

電話を切ると、ふうとイナリは息を吐く。

「何やら凄いことになったのう……」

「ええ、本当に。こんな、こんな凄いことに……」

「おお、分かってくれるか」

「勿論です!　正直ドロップ品はたいしたことないですが、こんなネズミ柄の報酬箱なんか見たことないです!」

あ、そっちじゃったか。とはイナリは言わない。職員からしてみれば、当然そっちの話になるだろう。実際、ドロップ品は職員の言う通りに大したことのないものばかりだ。

スライムの破片に化けネズミの歯など、使い道は存在するが大した値段にもならないものがどっさりだ。買い手も少ないので粉砕処分などにされることも多いくらいだ。

だが……報酬箱は違う。金、銀、銅のようなものではなくラッピングされた箱など職員は初めて見た。まあ、イナリからしてみれば「またこういうのか」になってしまうのだが、何やら特別なものであることはイナリにも分かっている。だからこそ適当に包み紙を破って開ければ……中から出てきたのは一本のナイフだ。何かを削りだして作ったように見えるソレを職員が鑑定すると、なんとも微妙な顔になる。

「えーと……化け鼠のナイフ、ですね。たぶん下級中位くらいの品だと思われますが」

「うむ、要らんのでおーくしょんとやらに出しといてくれるかの？　わしは魔石だけ持って帰るでの」

「はい、おつかれさまでした」

化け鼠のナイフ。攻撃力は低く、装備した者の敏捷にほんの僅かに補正があるという武器だ。

市場価値として十万から二十万程度だろう。駆け出しの覚醒者にとっては中々に良い武器かもしれないが、その程度ではある。

まあ、東京第五ダンジョンからこんなものが出ただけでもそれなりではあるか……などと職員は思う。

狐神イナリ。フォックスフォンのイメージキャラとして売り出し中の彼女がこんな不人気ダンジョンに来ただけでも驚きだが、攻略速度も凄かった。先日の秋葉原ダンジョンにおける彼女が一人で攻略したという噂も真実なのではないかと思えてしまうほどだ。

「凄い覚醒者は散々見てきたと思ったけど……上には上ってことかなあ」

いいものを見た。そう呟きながらアイテム運搬係を呼ぶ職員だが、自分の覚醒フォンに連絡が来たのに気付き職員は「え？」と声をあげる。

「狐神さんですか？　先程お帰りになられましたが……引き留めろって、ええ⁉　だってもう姿見えませんよ⁉」

職員が無茶を言うなと叫んでいる間にも、バスを待っていたイナリの覚醒フォンに安野から着信が入る。

「もしもし、わしじゃよ」

『あ、狐神さん！　今どちらに⁉』

「第五だんじょんを終えてきたところじゃよ？　今はバスを待っとる」

『よかった！　至急第五ダンジョンまで戻ってください！　迎えのヘリが向かっていますので！』

「……あれかのう」

何やら遠くから爆音と共に向かってくるヘリコプターを見ながらイナリはなんとも言えないような気分になる。いきなりあんなものを迎えに来させるということは、十中八九面倒ごとだろうが……一体何が起こったというのか？

「何の用かは今聞いてもええんかの？」

『私も正確には把握してません。けれど……東京第一ダンジョンで何かがあったようです。トップランカーの人々は忙しい人も多くて、私が伝手がある中で一番強そうなのが狐神さんだったもので……！』

「ふーむ」

そんなことを聞きながらも、イナリはすでに東京第五ダンジョンの敷地に戻り、ヘリもどんどん近づいてきていた。

まあ、そういう事情であれば断るわけにもいかないし、東京第一ダンジョンという場所にはイナリも興味があった。今まで一度もクリアされたことがないという性質上、白カードのイナリでは予約すら出来なかったのだ。そこに関する話だというのであれば、話を聞く価値は充分すぎるほどにある。だから、イナリは電話の向こうの安野にこう答える。

「まあ、何かあってわしの力が必要というのであれば……わしを頼ってくれたこと、後悔はさせんよ」

東京で最難関と言われる東京第一ダンジョンで何が起こったのか。

それは分からないが……頼られて無下にするほど、イナリは薄情ではないつもりでもあった。

その電話からしばらくたった後に迎えに来たヘリには、なんだか久々に会った気のする二人が乗っていた。

「おお、お主等は確か……丸瀬と高野……じゃったかの？」

「丸山と宅井だ」

「俺の名前、『た』しかあってねえ……」

そう、丸山正と宅井雄一。あの廃村までイナリに会いに来た二人であった。どうやらこの二人が迎えらしいとイナリは悟り、しかし一応確認する。

「で、お主等が迎えということでええんかの？」

「ああ。詳しいことは道中で説明する。乗ってくれ」

そうしてイナリがヘリに乗れば、そのまま何処かへ向かって飛び始める。そのヘリの中で、丸山が「さて」と早速話を切り出す。

「時間がないから要点をまとめて伝えさせてもらう。今回の仕事は捜索だ。可能ならば救出も視野に入れてほしい」

東京に幾つかある固定ダンジョンは全て、定期的に「大規模攻略」と呼ばれるものが行われる。これは必ずしもダンジョンの攻略を意味するものではなく、ダンジョンの中のモンスターを間引く意味合いが強い。

というのも、ダンジョンは一定期間モンスターを倒さない期間が続いたとき、中のモンスターを地上へ溢れ出させる性質を持っているからだ。モンスター災害と呼ばれるそれを繰り返させないための大規模攻略だが、東京第一ダンジョンに関してだけは違う。このダンジョンは攻略されたことがなく、便宜上他の固定ダンジョンと同じ扱いをされているが実際には臨時ダンジョンかもしれないのだ。

そして、その東京第一ダンジョンの大規模攻略が、どうやら失敗した……というのが今回の話がイナリへと来る理由となった、そもそもの原因だ。

「なるほどのう。ちなみにその話がわしに回ってきた理由は？」

「……十大クランの一角が失敗したからだ」

日本十大クラン。公式的な記録があるわけではなく、そう呼ばれているというだけではあるが誰もそれに異論を唱えることがない程度には圧倒的な力や規模を持つ十のクランのことだ。

『富士』『天道』『ブレイカーズ』『閃光』『ジェネシス』『武本武士団』『サンライン』『ドラゴンアイ』『魔道連盟』『越後商会』。それぞれ方針もやり方も違えど、十大クランと呼ばれるに相応しい実力を持っている。

「だが今回、『越後商会』による大規模攻略隊が五日たっても連絡がない。通常であれば、どんなに遅くても三日で帰還するはずなのに……だ」

「確か覚醒ほんはダンジョンの中でも通じるんじゃろ？」

「そのはずだ。だが、例外がないなどとは誰にも言えない」

「道理じゃ」

覚醒フォンだってダンジョンから出たものを利用した技術だ。そのダンジョンの中に、覚醒フォンの仕組みや力を上回る、あるいは封じるものがあったところでイナリは不思議とは思わない。たとえばイナリが結界を張っただけでも覚醒フォンは使用不能になる可能性だってある。

「越後商会は十大クランの中では経済活動に偏っていて実力は一番下だ。だが、それでも十大クランと呼ばれるに相応しい実力はある。なのに今回、連絡を絶った。正直、これだけでも大事件なんだが……今回行方不明になったメンバーに、越後商会のクランマスターが居るのが更に問題なんだ」

言いながら丸山が出してきた資料には、可愛らしい少女の写真が貼られている。

おかっぱ頭の黒い髪と眼鏡が印象的なその少女の名前は「越後八重香《えちごやえか》」。弱冠二十歳にして巨大クラン「越後商会」を動かす、やり手でもある。

覚醒者の能力を活かした流通業を主力とする越後商会は、ジョブ「商人」を持つ八重香の超人じみた処理能力に支えられている部分が少なからず存在している。勿論八重香が留守にしたところで企業としてもクランとしても越後商会は動く。動くが……十大クランでもある越後商会のマスターの座は、日本中の誰もが欲しがるものだ。

あまり考えたくはないが八重香が死んでしまった場合……かなり大規模な内部争いと、それに伴う流通への大規模な影響も考えられる。それを防ぐためにも、八重香には生きていてもらわなければいけないのだ。

「……と、ここまでが覚醒者協会日本本部からの話なんだが。今の越後マスターが死んで椅子が自分に回ってくることを妄想してる連中なんてのもいる」

実際、そうした連中の手引きによるものかトップレベルの覚醒者にはすぐには外せない仕事が殺到している。たとえば魔法系ディーラーの中でもとくに有名な「黒の魔女」も今は北海道に行っている。それに、この話をあまり大きく広めたくもない事情もある。

「十大クランの攻略隊が東京第一ダンジョンで全滅した。そんな話が表沙汰になれば、経済への影響がエグいらしい。だから『苦労したがなんとかなった』という話に持っていく必要がある」

「ふむ……」

そこでイナリに白羽の矢が立ったということのようだ。とはいえイナリだって死人を黄泉から連れ戻すことは流石に出来ない。それに、何よりも。

「人の口に戸は立てられぬぞ？　わしがこの子を救ったところで、必ず何処ぞより話が漏れるじゃろうよ」

「ああ、別にいいらしい。今はとにかく、生きていてほしい……とのことだ」

「ま、確かにのう」

それに関してはイナリとしても同意だ。生きていればどうにでもなる。後のことは、全部終わった後に頭のいい連中が考えればいい。イナリは、そのくらいシンプルに自分の中で今回の件を整理したのだった。

東京第一ダンジョン。かつて渋谷と呼ばれた区域に出現した東京最高難易度のダンジョンは、モンスター災害において上位に入る被害者数を叩きだしたダンジョンでもある。

迷宮型と呼ばれる東京第一ダンジョンは毎日その構造を変化させ、地図がその当日しか意味をなさない構造になっている。だからこそ未だにクリア者が出ないとも言えるのだが……厳戒態勢のそのダンジョンの入り口前に、今イナリは立っていた。

「本当は俺たちもついていきたいんだが……東京第一レベルになると、ほとんど役に立てん」

「まあ、だからこうして日本本部から委託受けるような真似して稼いでるんだけどな」

丸山が宅井に肘鉄をして「うっ」と言わせているが、まあこの二人も良いコンビなのだろうとイナリは思う。そして何よりも、ついてこられても守る手間が増える分邪魔でしかない。何故なら、この東京第一ダンジョンからは凄まじいほどに強大な力が流れ出して来ている。恐らくは、あの廃村に現れたダンジョンのようにゲートを破壊しようとしたとして、渋谷ごと吹き飛ばすつもりでやらなければ難しいだろう。

（なんという……恐るべき力よ。斯様なものを人の子らは制御できていると本当に信じているのじゃろうか……？）

とはいえ、このダンジョンを吹き飛ばすわけにもいかない。システムも警告文を出して来ている。

つまるところ、正攻法……推奨される方法で挑まなければならない。

「うむ。では早速行くとしようかの」

「ちょ、ちょっと待った。武器は？　防具もないみたいだが」

「ん？　ああ。自前のがあるでの……狐月」

イナリが呼べば、その手に刀形態の狐月が現れて、発せられる神気とでも呼ぶべきものに丸山たちが気圧される。こんなものがあるなら確かに要らない。そう思わせる力が狐月からは発せられていた。

「凄い刀だ……見てるだけで分かるぞ……！」

「なんてこった。あんなものがあったのか！」

そんな驚愕の声が聞こえてくるが、実際今、狐月はどうもあらぶっているように見えた。その理由をイナリはなんとなく察していたが……そのまま、振り返ることもなくゲートへ入っていく。変わった景色の先は、石の壁の迷路じみた場所。そして濃厚な、死の匂い。

「ああ、いかん。いかんな。此処は穢れに満ちておる。お主が荒ぶるのも酷く当然じゃろうのう、狐月よ」

「キイヒヒヒヒヒ！」

「キヒャヒャヒャヤ！」

赤い帽子を被ったゴブリン……レッドキャップが二体、迷宮の壁や天井を凄まじい跳躍力で跳ねながらイナリへと向かってくる。ゴブリンなどと一緒にするのが失礼なレベルの身体能力と、それを使いこなす頭脳。魔法すら使うと言われる、レッドキャップたちは小剣を振りかぶって襲い掛かってくる。そして……イナリの狐月で首を切断され、一撃の下に絶命した。

「速い、のう。しかし残念なことに見えずとも斬れるんじゃよ。動きがバレバレじゃからの」

そう、イナリの目ではレッドキャップの動きは追い切れていなかった。いなかったが……レッドキャップの体格と速さと得物の射程が分かり、相手の狙いが読めれば……そこに斬撃を「置く」ことは、イナリにとっては、然程難しくはない。

とはいえ、最初からこんなものが出てくるようでは奥はどうなっていることやら分からない。

イナリは狐月を持ったまま、通路を進んで。

「おおっ⁉」

壁から飛び出した無数の突撃槍の如く太い針の群れが、イナリを展開した障壁ごと反対側の壁へと押し付ける。

「な、なんじゃあ？　罠……？　これ、わしじゃなきゃ串刺しになっとるじゃろ」

イナリは障壁を張ったしイナリの巫女服を貫けるようなものとは思えないのだが、一般的に人間がコレに刺されたら高確率で死ぬだろう。元の場所に戻り消えていく針だが、イナリがじっと見ると「なんか変な力の流れがあるような……」というくらいで、見た目には普通の壁にしか見えない。

「なんとまあ。こんなのは初めてじゃ。しかし、此処に死体がないということは上手く対処したのかもしれんのう」

中々やるのう、と言いながらイナリは歩き、床の隙間から湧いてきた粘液モンスター「ウーズ」

に無言で狐火を放って燃やす。

「ブググッ……！」

「あめいば、とも違うようじゃが。音がぼこぼこ五月蠅《うるさ》いのう」

言いながら歩き、襲い掛かってきたレッドキャップの首をはねる。このタイプはそうすれば殺せると分かっているから、一切迷いはない。落ちた魔石も、今は回収しない。人命救助の成否がかかっているからだ。そうして曲がり角を曲がった瞬間。

「なんとぉっ!?」

イナリは突撃してきたイノシシモンスター、スタンプボアに弾き飛ばされる。しかし、スタンプボアはただイナリに突撃してきたわけではない。その背には、一体のレッドキャップ。ニヤリと笑って隙を逃さず飛ぶレッドキャップに、イナリは即座に狐火を発射して撃ち落とす。

「ゲッ……」

立ち上がり即座にスタンプボアに飛び乗ったレッドキャップは、弓形態の狐月を持っているイナリに目を見開く。それはすでに、弦が引き絞られて。

「ゲアアアアアアア!?」

レッドキャップは、スタンプボアごと一撃で吹き飛んでいた。

消失しながらその場に魔石を落としたレッドキャップとスタンプボアを見ながら、イナリはふうと息を吐く。

「やれやれ、中々に激しいのう。よもや獣に乗って突撃とは。最初からこの調子では、相当に難儀

じゃなあ」

今までのダンジョンと比べても、この東京第一ダンジョンの難易度は相当に高いとイナリは感じていた。モンスターも強いし、殺意の高い罠の存在もそうだ。ハッキリ言って、イナリが今まで見た覚醒者の実力でこのダンジョンをクリアできるなどとは思えない。しかし実のところ、イナリも此処を簡単にクリアできるかといえば……「難しい」が答えになってしまう。

（一番簡単な救出方法は越後とかいう娘が死ぬ前に此処を攻略してしまうことじゃろうが……これでは、あまり現実的とも言えん。となると、地道に捜すしかないのう）

しかし、どうにも奇妙なこともある。先程から死体を一つも見かけていないのだ。ということは、此処では誰も死んでいない……ということなのだろうか？

「だとすると、大分希望はあるかのう……いやはや、思ったより覚醒者とは強いのかもしれん」

言いながらも、イナリは「そうではない」と気付いていた。よく分からない。よく分からないが……このダンジョンには、他のダンジョンとは違う悪意が満ちている。確信できてはいないが……たぶんこの「東京第一ダンジョン」だけが他とは違う。もしかすると、イナリに対してだけ難易度が跳ね上がっている可能性は無いだろうか？　そう思わされるのだ。

レッドキャップたちを倒しながらイナリはダンジョンを進み……突然足元に開いた穴に「ひょっ？」と声をあげる。

「ぬ、くっ！」

穴の縁に手をかけると、そこに現れたレッドキャップがニチャリと笑いながらイナリの手にナイフを振り下ろそうとして。イナリは一瞬の判断で落とし穴の壁を蹴って勢いをつけると、そのまま倒立の要領で穴の外へと飛びあがり……驚愕するレッドキャップの首にそのまま足をかけて思い切り床へと叩きつける。そう、偶然にもフランケンシュタイナーである。

ビクンビクンと痙攣しているレッドキャップをイナリはよろよろと立ち上がりながら落とし穴の中へと蹴り入れる。

「あー……今のは驚いたのじゃ。じゃが、今ので確信したぞ」

イナリは天井付近を見回しながら、一点を指差す。それは、先程悪意と、愉悦《ゆえつ》と……そんな薄汚い感情の混じった視線を感じた場所だ。

「何処の誰かは知らんが……お主、わしを見とるな？」

視線の中に驚愕が混じる。イナリが見ても、そこには何もないように見える。見えるが……そういうやり方に、イナリは心当たりがあった。

「遠見の術か。相当な使い手のようじゃのう……じゃがな、見るということは……見られる覚悟も出来ているということじゃよな？」

神通力。システムがそう分類せざるを得なかったイナリの力は、実に多岐に渡る。その中の幾つかはシステムによって似たようなものへと独自分類された。しかし、イナリはその全てを使ってはいない。元々使う必要もなかった力ではある。力の流れを辿り、その「奥」へ。そこにいた黒いローブの男はイナリが見ていることに気付いたのかチッと舌打ちし手を振るう。同時にバヂンッと音が鳴りイナリの見ていた光景も消える。

「ふーむ……人、か？　しかしどうにも違う気がする。よもや、アレがしすてむということもあるまいが……」

─【ダンジョンを歪めるもの】を発見しました！─

─称えられるべき業績が達成されました！　【業績：歪みの原因発見】─

─特別な報酬【システムによる情報看破（1回）】が与えられます─

─看破成功─

─【果て無き苦痛と愉悦の担い手】の使徒を発見しました！─

─使徒は神と呼ばれるに足る存在に仕え力を授かった者たちです！─

─警戒してください。異界の神々には邪悪なる目的を持った者も多く存在します─

「なんとまあ。異界とは、これはまた大きな話になったもんじゃのう」

しかし、そうであれば話は大分早い。何故なら、先程見えた場所は……恐らく、此処からそう遠くはない。

「しかしまあ、話は大きくとも解決までの道筋は思ったより近いもの。さあて、この階の何処かに居るのじゃろ？　すぐに追い詰めてやるでな」

ダンジョンを歪めているだかなんだか知らないが、そんな強大な力を永続的に振るえるはずもない。十中八九何かしらの制限があるし、何より先程の遠見の術。然程「遠く」はなかった。ならば、【果て無き苦痛と愉悦の担い手】の使徒とかいう奴は……必ず、この階にいる。

「ギイイイイイイイ！」

「ギエエエエエエエ！」

「ギイエアアアアア！」

レッドキャップの群れが……スタンプボアに乗った個体まで複数含む群れがイナリへと突撃してくる。かなりの数だ、普通の人間であれば決死の覚悟で挑み、それでも磨り潰されるかもしれない。

だがイナリは違う。イナリは弓形態の狐月を構えると、その弦をゆっくりと引く。

「分かりやすいのう。その愚かしさはいっそ愛いのう。しかし……あまりにも分かりやすすぎるのじゃ」

放たれた矢が着弾し、レッドキャップたちを吹き飛ばす。簡単なことだ。ダンジョンゲートを破壊するよりは、余程簡単なことだ。恐らくだが……そう離れていない場所に使徒はいる。そして、それが意味することは。

「思ったより面倒ごとだったようじゃが……ま、今更か。一度首を突っ込んでしもうたしのう」

そう言いながら、イナリはダンジョンの奥へと進む。その足取りに、迷いは無かった。

◇◆◇

東京第一ダンジョン、一階層のとある場所で【果て無き苦痛と愉悦の担い手】の使徒は混乱していた。

全て、全て上手くいっていたはずなのだ。あと一歩でこのダンジョンは主たる【果て無き苦痛と愉悦の担い手】の影響下となり、此処を拠点に更なる影響力を広げていくはずだったのだ。

その為に長い期間準備をしてきたというのに、何故今更あんなものが現れるのか？

「くそっ、くそっ……！　なんだアレは！　秋葉原の臨時ダンジョンをクリアしたコスプレ女がいたのは知ってたけど……アレはフォックスフォンが高いアイテムで支援しただけって話じゃなかったのか⁉　情報屋め、全部終わったらブチ殺してやる……！」

そう、情報屋は確かにそう言っていた。あの「狐神イナリ」はアイテムボックスを所持しており、その中にフォックスフォンからの多数の高価なアイテムを所持し、そのアイテム頼りで無理矢理実績を作っている最中だ……と。

「なんだあの無茶苦茶な威力の攻撃は……！　近距離と遠距離、物理ディーラーと魔法ディーラーの混合⁉　狐巫女とかいうアホみたいな名前のジョブにそんな力があるのか⁉」

まるで一人で何でもできると言わんばかりの無茶苦茶さだ。それだけではない、あんな軽装でスピアトラップの罠を受けて無傷。スタンプボアの突撃を受けて骨が折れた様子もない。あの巫女服の性能なのかもしれないが、それにしたって、あんな防御性能があるのならばタンクすら要らない。能力値では明らかに遠距離系魔法ディーラーだったはずなのに。少なくとも武器と防具の性能が高いことだけは疑いようもない。

そして……【果て無き苦痛と愉悦の担い手】より授かったスキル「愉悦の目」を利用して此方を覗いてきた。そんなことが出来るとすれば……【果て無き苦痛と愉悦の担い手】同様、神しかいない。

「【果て無き苦痛と愉悦の担い手】よ……！　あの女は何処かの神の使徒なのですか⁉」

──否。神との繋がりは感じられぬ──

「では何故！　あのような者がこのタイミングで！」

──愉《たの》しめ。私は愉しい──

「……！」

【果て無き苦痛と愉悦の担い手】の使徒はそれきり返事を返してこなくなった【果て無き苦痛と愉悦の担い手】に激しい怒りを感じていた。力をくれると言ったくせに。今度はお前が見下す番だと言ったくせに。だから契約したのに。だから人間を裏切ったのに。

「私を……貴方の使徒を愉悦の対象にしようというのか！」

──【果て無き苦痛と愉悦の担い手】が哄笑《こうしょう》しています──

「う、うあああああああああああああああ！」

【果て無き苦痛と愉悦の担い手】の使徒は地団太を踏むと、ローブの中から禍々しいデザインのナイフを取り出す。中央に紫色の光のラインの走るナイフは、明らかに普通ではない輝きを感じるが……それを見ながら、【果て無き苦痛と愉悦の担い手】の使徒はゆっくりと息を整えていく。

「……落ち着け。私の計画はまだ破綻してはいない。あのコスプレ女を殺せばいいだけの話だ。私には、この神器がある。刺せば全身に溶解毒の回る『愉悦の牙』が……！」

そう、このナイフに刺されればどんな人間も助からない。身体の全てが溶解し溶け落ち、着ていた服も装備も溶かし切る。最後には何も残らない、【果て無き苦痛と愉悦の担い手】の使徒の知る限りではこれ以上はない暗殺武器。【果て無き苦痛と愉悦の担い手】から授かった、神器と呼ぶにふさわしい武器だ。

「そうだ。私になら出来る……あのコスプレ女にこれを刺してやることが……！　ヒヒ、ヒヒッ……！」

【果て無き苦痛と愉悦の担い手】の使徒の姿がジジジ……と音を立てて変わっていく。

何処にでもいそうな男の姿から、女の姿へ。身長すら変わったその女の姿は……越後商会のクランマスター「越後八重香」の姿、そのものだ。

【果て無き苦痛と愉悦の担い手】の使徒が八重香へと変身したのか？　否、否。そうではない。彼女は越後八重香本人であり、先程の男の姿こそが八重香が念には念を入れて変えていた姿である。

幻影を作る能力を持つアーティファクト「偽りの幻影珠」の能力であり、大規模攻略メンバーを皆殺しに出来た秘密の一つでもある。

「私だって、もうただの『商人』じゃない……そうだ、今の私なら出来る……！」

そう言い聞かせれば、八重香は自分の中に冷静さが戻ってきたのを感じる。殺せる。それを強く感じるがゆえに、動揺などする必要すらない。今の自分は【果て無き苦痛と愉悦の担い手】との契約により、大規模攻略隊のメンバーたちの力の一部を吸収したのだから。

名前：越後八重香
レベル：46
ジョブ：神託の商人
能力値：攻撃C　魔力C　物防C　魔防D　敏捷C　幸運D

スキル：計算力向上Lv3、万物取引、神託、愉悦の目、加護（果て無き苦痛と愉悦の担い手）
何度確認しても凄いステータスだ。ほとんどの能力が上級クラス。しかもこれから更に成長出来る。あのコスプレ女を殺せば、どの程度強くなれるだろうか？　自分が死ぬと知ったその瞬間、どんな表情を浮かべるだろうか？
「ああ、こんな簡単なこと。どうして私は苦悩してたんだろう」
そう呟いた八重香の瞳には、奪うことに喜びを感じる者特有の暗い光だけが浮かんでいた。

◇◆◇

ダンジョンを歪める者の存在をイナリが知ってから、一時間ほどが経過して。イナリは周囲を見回していた。あの時視界を乗っ取った結果、大体の方向と距離は理解できた。そこから判断するに、この辺りのはずなのだが……。

「ふーむ、まあ見られてその場に留まる者もおらん、か。此処でわしを迎え撃つつもりかと思ったが……」

そう、この階層の中でも広い部屋のような場所。そこには先程の男の姿はない。ないが……一人の女が縛られ転がされていた。気絶しているように見えるその女は、イナリが此処に来るまでに資料を見た、クラン「越後商会」のクランマスターである越後八重香のものだ。

彼女以外の大規模攻略隊のメンバーはいないようだが、重要度でいえばおかしくはない。

おかしいのは、彼女だけが此処にいること、そして残されていること。

（十中八九、何かしらの罠……しかしまあ、飛び込まないわけにもいかぬのう）

そう、今回のイナリの最大の目的は八重香の救出。他の攻略隊の面々についても捜したいところではあるが、まずは八重香を助けなければならない。だから、イナリは倒れている八重香へ向かって歩き出し……地面から突き出した無数の槍の罠を横に跳んで避ける。

「おおっ⁉」

それを狙い壁から発射された矢を手から展開した障壁で防げば、その足元に大きな落とし穴が開く。落とし穴の縁に手をかけ落下を防げば、穴の底で何かカチリという音が響く。それはドカン、という轟音と共に穴から火柱を噴き上げるほどの大爆発を起こしてイナリを吹っ飛ばす。

地面をゴロゴロと転がったイナリは、ケホッと息を吐く。

「ぬう、流石に今のは肝が冷えたぞ。わしが罠をどうにかすることを前提に仕掛けてきよったか」

八重香を餌にしたのも、こうなれば敵ながら良い判断だ。此処にあの「使徒の男」がいたならば、イナリは間違いなく弓形態の狐月で射貫いていただろうから。

「まあ、それでもこれで終いよ。どれ、助けに来たぞ。何処ぞ痛むところはあるかのう？」

目を開いていた八重香……流石にこれだけ大騒ぎになれば起きるだろうとイナリも思うが、八重香は「うう……」と口を開く。

「助けに、来てくれたんですね……」

「うむ。縄は……面倒じゃの、切るか」

刀形態の狐月でイナリが八重香の縄を切ると、縄はザラリと砂のように消えていく。何かの不思議な力を持っている縄であることは一目瞭然であったため、これで正解だったのだろうとイナリは思う。

「お主を外まで連れていかねばならんが……他の攻略隊の面々について何か知らんかの？」

「いえ、分かりません」

「そうか。まあ、仕方ないかもしれんのう」

「すみません。でも、分かることもあります」

「うむ？」

何を言うつもりかとイナリが促せば、八重香は部屋の天井付近に飾ってある、おかしな装飾を指差す。あざ笑うような髑髏《どくろ》の模様をあしらった、何かのシンボルじみたレリーフだ。それが何かまではイナリには分からないが、先程の縄同様、何らかの力を感じるのは確かだった。

「此処に居た男が言っていたんです。あれは何か大事なものだって。きっと、壊されると困るんだと思います」

「壊されては困る、か。まあ、有り得る話じゃの」

たとえば何かの呪術であるにせよ、その核となるものは確実に存在する。あの怪しげなものがそれに値する何かであるというのは、イナリとしても納得できる話だ。

「貴方なら壊せると思うんです！　ですから……！」

「まあ、そうじゃのう」

イナリはレリーフに視線を向ける。そう、確かに壊せる。狐火でも弓形態の狐月でも、どちらでも恐らく可能だ。だから、イナリは。

「お願いします！　あれを壊して、そして……！」

「その前に」

イナリは刀形態の狐月の鍔をカチャリと鳴らす。そう、その前に。解決しなければならない疑問がある。狐月を八重香の首元に突きつけ、イナリは問いかける。

「お主……何故あんな高いところにあるものをわしが壊せると？」

「え、え？」

イナリは振り返り、猜疑《さいぎ》の目を八重香へと向ける。先程八重香は、聞き流すにはあまりにもおかしすぎることを言った。イナリなら、あの天井付近にあるものを壊せると。そう、刀を持つイナリに言ったのだ。覚醒者の役割分担でいえば「近距離ディーラー」にしか見えないイナリに、だ。

「刀一本しか持っていないわしにソレが出来ると確信しとったな？　どう見ても他の武器など持っとらんというのに」

「そ、それは。その」

「あの時の男の姿は幻術というわけか。ん？」

「ち、違うんです！　私、証明できます！　この刀を引いていただけたら、すぐにでも！」

「ほう？」

イナリが狐月を首元からどければ、八重香は服の中から丸い珠のようなものを取り出す。

「こ、これです！　これが……」

「ん？　ぬおっ！」

凄まじい光量を放った珠にイナリの目が眩み、瞬間に八重香は『愉悦の牙』を振り抜く。

（馬鹿が……この一瞬で私はお前を殺れる！）

能力の上がった今の八重香であれば近距離ディーラーの様な動きが出来る。だから、八重香はイナリの巫女服の心臓の辺りへと『愉悦の牙』を突き刺して。

「……えっ」

刺さらなかった。たとえ何かしらの防具であったとしても『愉悦の牙』であれば問題なく貫けるはずなのに。それこそが『愉悦の牙』を必殺足らしめているのに。なのに今、『愉悦の牙』があっけなく弾かれて。ギイン、と。『愉悦の牙』が弾かれ、空中を回転しながら床に転がっていく。

「あ、あああ⁉」

「残念じゃのう。その怪しげな小刀……濃い『呪』の気配がする。となればもう、全容も見えた。大人しく縛《ばく》につくが良い」

冷たい目で見てくるイナリに、八重香はヒヒッと引きつった笑みを浮かべる。なんだ、なんなのだコイツは。聞いていたよりも、想定したよりも。もっとずっとヤバい。フォックスフォンの支援？　あんなクランとしてみれば二流もいいところのクランに、『愉悦の牙』を弾くようなアイテムを用意できるものか。なら、こいつは一体……何処から。

「まだだ。まだ、私は負けてない。万物取引の力を使えば」

――いいや、終わりだ。その見苦しさは愉しいが、此処で幕としよう――

「は⁉」

転がっていたはずの『愉悦の牙』が、八重香の背に刺さる。それは、八重香の中を八重香が知っているよりも遥かに速い速度で蹂躙して。『愉悦の牙』ごと、八重香を一瞬で無に変えた。

「なっ……！」

――【果て無き苦痛と愉悦の担い手】が使徒契約を持ちかけています――

一瞬の事態に驚愕するイナリの前に、ノイズの混じったウインドウが現れる。それは、システムのものとは明らかに違う「何か」だった。そして、それは……今目の前に出ている「これ」を出した者……【果て無き苦痛と愉悦の担い手】の仕業に違いない。だから、イナリの返答は決まっている。

狐月を構え直すと、イナリは刀身に指を這わせ滑らせる。

イナリの指の動きに合わせ青い輝きを纏っていく狐月は荘厳な輝きを放って。

「失せよ、悪鬼外道――秘剣・鬼切」

ウインドウを、真っ二つに叩き切る。触れ得ぬはずのそれはしかし、イナリの一撃で切り裂かれ消えていく。

――【果て無き苦痛と愉悦の担い手】の干渉力を一時的に排除しました！――

――世界初の業績を達成しました！【業績：初めての干渉排除】――

――想定されない業績が達成されました！――

――金の報酬箱を手に入れました！――

手の中に現れた金色の箱を神隠しの穴に放り込むと、イナリは先程まで八重香が「いた」場所へと視線を向ける。手向けるのは、祈り。間違いなく悪人ではあるが、被害者でもあった。真実が知られれば恐らく誰にも祈ってもらえないだろうから、せめてイナリだけでも祈ってやらねば救いがないというものだ。

「ま、如何な事情があろうともお主のやったことは許されんが。さてさて、この件。どうしたもんかのう……」

言いながらイナリは決意する。この件の始末、自分に頼んできた連中に全部ぶん投げようと。

そう、これが後日悲劇の事故として大きく知られることになる「大規模攻略隊全滅『事故』」の……真実であった。

エピローグ

ここ数日、テレビでは相当な頻度で同じニュースが流れていた。

大規模攻略隊全滅事故……そういう風に名付けられたものである。

—このように、攻略隊のメンバーは非常にバランスよく整えられており、編成上の問題はほぼ無かったと考えられるんですね—

—けれど、遺品すらほとんど見つからなかったと聞きますよ？　それを考えると越後商会に責任

を求める被害者の声を無視することは……──

結局のところ、クラン「越後商会」の大規模攻略隊、そしてクランマスターの越後八重香の件の真実は伏せられ「イレギュラーなモンスターの発生による全滅」という風に発表された。幸いにも報酬箱から「アメイヴァロードの核」が出てきたことから、その説明には相当な真実味があった。そしてそれは同時に狐神イナリという覚醒者の存在をより強く広めることにもなっていた。

悲劇を終わらせた、新進気鋭の新しいアイドル覚醒者。まあ、そんな感じである。

──御覧ください！　今街中では狐系と呼ばれるグッズが大流行です！　フォックスフォンから発売されている狐耳をつけている人もいます。ちょっとお話を聞いてみましょう！　もしもし、覚醒者の狐神イナリさんについてご存じですか？──

──知ってまーす！──

──可愛くて強いって凄いですよね！　私もイナリちゃんみたいに覚醒したいです！──

陰陽が正反対のものが共存しバランスをとるように、明るいニュースと暗いニュースも同時に存在すればその暗さは人々の中に大きな影を落とさなくなる。あるいは、誰も暗いニュースを覚えていたくないのかもしれない。あるいは悲しみから目を背ける為には希望が必要とか……まあ、理屈はいくらでもつけられる。ともかく、このままでいけば一カ月後には全てが日常に戻っていくだろう……というのが覚醒者協会の予測であるらしかった。

何はともあれ、あとは覚醒者協会日本本部が上手く情報操作をしてくれる。

邪悪な神が云々というのはあまりにも刺激が強すぎ、覚醒者協会の内部でも判断ができないというのが主な理由であった。

それでいいのかどうかはイナリには判断できない。できないが……まあ、イナリがどうこう言うことでもない。イナリには、人の世の複雑さは上手く理解できていないからだ。

だから、イナリが今何をしているかというと……ふりかけをたっぷりとかけたご飯を前に、キラキラと目を輝かせていた。

黄色のたまご味と、黒の海苔のコラボレーション。その下に見える白のご飯の輝き。

まるで「そうあるべし」と定められたかのような美しさの調和。

のりたまご味ふりかけの、基本にして究極たるその完成度。

素晴らしい、とイナリは思う。まさにこれは、人の英知の結晶だ。

この小さく黄色い粒に、細かい海苔に。歴史が詰まっている。

口の中に入れればザクッという食感と、それを受け止める米の織り成す旨味。

米がふりかけを受け止め、包み込んで。咀嚼《そしゃく》の楽しみを増やしてくれているのだ。

「ああ、美味い……ふりかけとは何故こんなに美味いんじゃろうのう……」

「狐神さんの稼ぎなら、もっとおいしいの食べられるんですが……値段の書いてないお店で毎日食材全部食べつくしても使いきれるか分かりませんよ？」

報告ついでに夕食にお呼ばれしてやってきたら、ふりかけご飯を出された安野がもぐもぐ食べながらそう愚痴る。

「そう言われてものう。ご飯にふりかけを思う存分かけるというのは、かなり贅沢だと思うんじゃが」

「金銭感覚しっかりしてて安心だあ……」

正直、安野にもちょっと分かるのでそれ以上は何も言えない。あんまり高級なものを食べても、味の違いが分からないからだ。しかしそれを認めてしまっては負けな気がして安野は考えるのをやめて。ふとテレビに視線を向ければ、なんだか油揚げが今人気とかやっていて「凄い全力でのっかっていくなあ……」と呟いてしまう。

「狐神さんは油揚げとか、お好きなんですか？」

「油揚げのう……嫌いではないが」

「ないが？」

「ほれ、油揚げにご飯を詰めたものを……いなり寿司とかって、呼ぶじゃろ？」

「呼びますね」

「自分と同じ名前のついたものを食べるってなんかこう……のう？」

「はあ」

その感覚よく分かんないです、とは安野は言わない。ふりかけご飯を口に入れて飲み込めば、余計な言葉もごっくんと喉の奥に流れていく。

「……ふりかけご飯、めっちゃ美味しいですよね」

「うむ。わし、三食これでいい……」

「私はそれはちょっと……」

安野にそう否定され不満そうな顔をしながらも、イナリはふりかけご飯を食べる。

ダンジョンにシステム、そして神の如き存在というものと、その使徒。

進めば進むほど、訳のわからないことが増えていく。一体この世界に何が起こっているのか、システムとは、ダンジョンとは。それを一気に紐解くカギは、まだイナリの手にはない。

しかし……イナリは止まる気はない。一歩ずつ、少しずつ。この変わった世界の謎を解いていく。

その先に何があるのかないかも分からないけれど……それでも、進み続けると。そう、決めたのだから。

書き下ろし番外編

たのしいテレビショッピング

「……あの、狐神さん」

「なんじゃ?」

安野は、イナリの部屋に置かれたものに視線を向けていた。あんなもの、この部屋には置かれていなかったはずなのだが。

「あれは……いったい何でしょうか?」

それはあえて言うのであれば……鎧であった。しかも日本式の鎧である。

クワガタムシのハサミみたいな凶悪な角のついた兜に、鎧や脛当《すねあて》も含めた具足一式。

面頬《めんぼお》がついているのはいいとしても、服のようなものをつける意味は何処にあったのだろうか。

まるで鎧武者がそこに座っているようで、全く落ち着かない。五月人形のように見えなくもないが、サイズ感とリアル感が本物のようだ。

「おお、凄いじゃろ?」

「まあ、凄いかどうかで言えば凄いですけど……」

刀を握り床に突き立てるようなポーズで座っているので、凄いというか怖い。鎧櫃《よろいびつ》の上に「寄らば切る」とでも言いたげに座っていて、凄い怖い。

「この前、てれびしょっぴんぐでやっていてのう」

そんなことを言うイナリは台所でおにぎりを握っているが、どうにもおにぎりが好みであるらしいことは何度か自宅に訪問して安野も知っていた。しかも具はシンプルなのに物凄く美味しいのだ。

さておいて……あの鎧は何なのか?

「はあ。あんな鎧とか売ってるんですか」

「うむ」

「えーと、鎧が欲しいのであれば幾らでもご紹介できるんですが」

実際、テレビショッピングということは非覚醒者向けのものであるはずだ。覚醒者向けのアイテムは売る側にも買う側にも資格が必要なのだから、あの鎧はアーティファクトではない。しかも何か中身が詰まってるし。具足一式というよりは鎧武者人形だ。怖い。

「ああ、あれはのう。非常用持ち出しせっとじゃよ」

「……はい？」

「最近やけにやっとってのう。たぶん今も……」

イナリがまだたどたどしい動きでリモコンを使いテレビをつけると、ちょうどテレビショッピングでそれを紹介していた。

――今回ご紹介する品は、毎度ご好評いただいております非常用持ち出しセットです！――

――いつもありがとうございます！　ところで安田さん、今回はどんなものなんですか？――

――はい。ダンジョンが日常生活の近くにある現代、いつモンスター災害が起きるかと不安ですよね――

――そうですね。何か起こった際にとっても怖くて……――

「うわあ……嫌な言い方しますねえ……」

テレビを見ながら安野はそんな感想を漏らす。確かにモンスター災害ほど不安なものはないだろう。

特にこの国はモンスター災害で一度滅びかけている。しかし何かあったとして、あんな鎧を売る理由が何処にあるのか？

―そこで今回ご紹介するのは、この具足付き非常用持ち出しセット！―

―わあ凄い！　なんだかとってもカッコいいですね！―

―そうなんです！　こちら、覚醒者用の鎧も作っておられる工房に技術指導を受け作られた鎧なんです！―

―だからこんなに立派なんですね！―

―そうなんです！　素材はステンレス使用で頑丈かつ実用的な重さ！　付属の刀は刃引きしてあるので、とっても安全！　あくまで護身用としてお使いいただけます！―

―ところでこちらの鎧、中身入りですけれど？―

―そうなんです！　使わない時は飾って防犯人形代わり！　しかもこの鎧櫃には非常食に携帯用トイレなど必需品がなんと一週間分！―

―わあ、鎧を着てこれを持ち出せば、何かあったときに安心ですね！―

―そうなんです！　まさに新しい時代を生きる私たちの必需品！　しかも今ならなんと！　ぴったりな毛靴もおつけしてこの価格！―

安野はリモコンを取ってテレビを消すと、イナリへにっこりと微笑む。

「ちょっと失礼しますね？」

「う、うむ」

鎧を確かめる。なるほど、確かに言っていることに嘘はない……非覚醒者用としては普通に防護具として使えるかもしれない。モンスター相手にこれでどうにかなるかと聞かれれば、断じて否ではあるけども。

刀を引き抜いてみる……まあ、鈍器としては使えるかもしれないが恰好だけだ。

あとはもう確認するまでもない。安野は振り向いて鎧を指し示す。

「これ、返品しませんか？」

「な、何故じゃ？」

「だって……狐神さんには観賞用以外の用途ないと思うんですが……もしかして気に入ってましたか？」

「いや、しかし現代の必需品……」

「絶対違いますから。こんなの流行ってないですから。あと何よりですね……」

言いながら安野は鎧から兜を外してイナリに被せる。

「耳が潰れるのじゃ」

「ね？　合ってませんよ。欲しかったら特注した方がいいですって。あと鎧も目視ですでにサイズあってないですし」

あれはどう考えても成人男性……着れて百六十センチ前後の成人女性までだろう。イナリのサイズでは、絶対に着られない。イナリは言われて改めて鎧を見て……やがて静かに頷く。

「……うむ。そうしようかのう……」

「今度、鎧工房とか見に行きましょうか。結構いいのありますから」

「そうじゃのう」

ちなみに全く関係ない話ではあるのだが。後日安野が実家に帰ったら鎧が一セット置いてあって、その場に崩れ落ちたそうである。

あとがき

皆様こんにちは、天野ハザマです。「お狐様にお願い！」の一巻をお手に取っていただきまして、ありがとうございます。

ところで皆様、お狐様というと何をイメージされますでしょうか？　私はイナリのような可愛い狐巫女なのですが、創作においては「狐系」というように、人を化かす、からかう、何か企んでそうな男性キャラを想像される方も多いんじゃないかと思います。その際の格好は和装か学ランに狐面……とかですかね？

もしイナリがそんな子だったら、本作もかなり性格の違うものに……そういうのも面白そうですね……さておきまして。

本作はそうならず「お狐様がかわいい」系の現代ファンタジーという形に落ち着いておりますが、この一巻ではジェネレーションギャップにイナリも苦労しております。実際、私たちが生きるこの時代とは違う……魔力という新しいエネルギーの存在する世界になってしまっているので、イナリとしても驚くことも多いのは仕方がない部分もあるでしょう。そしてこれからも色々な驚きが待ち受けております。

そんなイナリが愛するのがお米、そしてふりかけですが……最近は種類が本当にたくさんありますよね。海苔と玉子のお味のロングセラーふりかけもそうですが、様々な健康志向のふりかけもたくさんあります。お魚系、お野菜系……最近はあまり見かけないのですがモロヘイヤのふりかけなんてものもありまして、これがかなり美味しかったのを覚えております。

お米とふりかけ大好きなイナリには幸せな現代社会でございますが、そんなイナリの活躍を書いた第一巻、お楽しみいただけましたなら幸いでございます。

本作に関しましては本当に有難い話でございますがコミカライズ企画も進行中であるということで、ＴＯブックスの皆様には本当に感謝しております。

イラストをご担当くださいました竹花ノート先生にも、深い感謝を。先生にご担当いただけると決まったとき、天野は喜びのあまり踊っておりました。

そして最後に、この本をご購入くださいました皆様にも最大級の感謝を。どうかイナリの活躍を見守ってくださると幸いです。

それでは、今回はこのくらいで。皆様、またお会いしましょう！

現る!?
かわいい♡最強覚醒者《アイドル》として大バズり中のイナリが
次に挑戦するのは巨大なくまのぬいぐるみに
積み木ゴーレムが襲う『文明型ダンジョン』!?
お狐様にお願い!
Please to fox sama!
~廃村に残ってた神様がファンタジー化した
現代社会に放り込まれたら最強だった~
2
◉著者
天野ハザマ
◉イラストレーター
竹花ノート

次巻予告
天下無敵のお狐様に
ライバル
わしはうたったり
おどったりは
せんぞ！

クターデザイン公開!!

キャラクター原案：竹花ノート

狐巫女

狐神イナリ

コミカライズ キャラ

漫画：鰤戸まるお　原作：天野ハザマ

覚醒者協会職員

安野果歩

メイド

敷島エリ

メイド隊の
タンク担当として
当然の嗜みです！

怪しい高級車一台。
まずは
撒きますよ！

執事

滝川セバスチャン

フォックスフォン社長

赤井里奈

許諾は
取れたわ!
順次始めて
いくわよ!

こみからいず
企画
進行中……?

よくわからんが……楽しみじゃな!!

TOブックス
コミカライズ
連載最新話が
読める!!!!
「本好きの下剋上」をはじめとする
TVアニメ化作品盛りだくさん!!

漫画配信サイト
CORONA EX
コロナEX
TObooks
2nd Anniversary
詳しくはこちら!!
https://to-corona-ex.com/
2周年!!

2025年1月から
TVアニメ放送開始!
U-NEXT・アニメ放題で最速配信決定!
没落予定の貴族だけど、
暇だったから魔法を極めてみた
©三木なずな・TOブックス/没落貴族製作委員会

お狐様にお願い！
～廃村に残ってた神様がファンタジー化した
現代社会に放り込まれたら最強だった～

2024年9月1日　第1刷発行

著　者　**天野ハザマ**

発行者　**本田武市**

発行所　**TOブックス**
〒150-0002
東京都渋谷区渋谷三丁目1番1号　PMO渋谷Ⅱ　11階
TEL 0120-933-772（営業フリーダイヤル）
FAX 050-3156-0508

印刷・製本　中央精版印刷株式会社

ISBN978-4-86794-276-5